地獄は克服できる

ヘルマン・ヘッセ
フォルカー・ミヒェルス＝編
岡田朝雄＝訳

草思社文庫

HERMANN HESSE
DIE HÖLLE IST ÜBERWINDBAR
Krisis und Wandlung
Zusammengestellt von Volker Michels

地獄は克服できる ◉ もくじ

（＊）の付いたタイトルは編者によってつけられたもの。原タイトルは出典（三〇〇頁以下）を参照。

＊文中の…は編者による省略を示す。
各篇の最後に示した年代は執筆年である。ただし、＊印のついた年代は、その一篇が収録された単行本の発行年である。

訳文では、編集者と相談の上、原典よりも段落を多くした（訳者）。

ささやかな楽しみ

現代人の生活の根幹をなしている寸秒を惜しむ気持ち、このあわただしさこそが、楽しみの最大の敵であることは疑う余地もありません。私たちは、昔の牧歌的な生活やしみじみとした旅行の話をあこがれの思いで微笑みを浮かべながら読みます。私たちの祖父たちが、何かしたいことをするための暇がなかったなどということがあったでしょうか？　一度フリードリヒ・シュレーゲル[1]の無為を讃える本を読んだとき、「もし彼が私たちと同じように仕事をしなければならなかったとしたら、まず最初に彼はどんなにため息をついたことだろう」と考えずにはいられませんでした。

今日の私たちの生活のこのあわただしさが、子供時代からの教育でずっと私たちの心身をむしばみ、悪影響を及ぼしてきたことは、悲しいことではありますが、避けられなかったことのように思われます。しかも残念なことに、この現代生活のあわただしさは、とうの昔に私たちのわずかな余暇さえも奪い去ってしまいました。つまり余暇の楽しみ方さえも、仕事をする場合の性急さとほとんど同じように、いらだたしい、心身をすり減らすようなものになってしまったのです。余暇の行楽や娯楽でも、「できるだけ多く、できるだけ早く」というのが合言葉になっています。その結果、ただの気晴らしばかりがふえて、ほんとうの楽しみは減る一方になってしまいました。

小さな町や大都市などでのはなやかな催しものや、現代的な都市の娯楽施設を一度でも見てしまうと、そこに集う人びとの憑かれた眼つきや、熱に浮かされたようなゆがんだ顔が頭にこびりついて、悲しく不快な気持ちになります。それに人びとは、劇場でもオペラハウスでも、コンサートホールや画廊でさえも、このように病的で、永遠の不満に駆り立てられ、結局、楽しむことにうんざりするというような楽しみ方をしているのです。現代芸術の展覧会を見に行っても、たしかにめったに楽しむことはできません。

今では金持ちでもこのような病気を逃れることはできません。金持ちはほんとうはこんな病気にかからずにすむはずなのですが、やはりかかってしまいます。というのは、とにかくなんでも人並みにやって世間の最新の情報に通じ、いつも時代の先端を行かなければならないと思うからです。

私も世間の例にもれず、このような不快な情勢に対する万人向きの方策をほとんど知りません。ただ私は、残念ながらまったく流行おくれではありますが、ひとつの古い自家製の療法を読者の記憶に呼び起こしたいと思います。つまり、「ほどよい楽しみは倍の楽しみ」ということです。そして、「小さな楽しみを見過ごすな！」ということです。

つまり「節度を守る」ということなのです。ある階層では、劇場の初演に行かずにいることは、勇気がいります。それよりも少し広い階層では、新刊の文学書が出てから一週間たってもそれを知らないということは、勇気がいることです。もっと広範な階層では、毎日の新聞を読まないと恥をかくことになります。けれど私は、そのような勇気をもったことを後悔していない人を何人か知っています。

劇場に会員席をもっている人は、二週間に一回しかその席を利用しなくても、それで損をしたなどと考えないほうがよいのです。私は、その人が得をしたことを保証します。

展覧会や美術館などで、ふだん絵画を一度にたくさん見ることにしている人は、できたら一度、ただひとつの傑作を一時間かそれ以上眺めて、それでその日は満足することにしてみるとよいと思います。その人はそれで得をするのです。

たとえば、たくさん本を読む人なども同じようなことを試してみるとよいでしょう。

その試みをした多読家は、はじめのうちは新刊書などについて人と話ができないために、何度か腹が立つかもしれません。何度かまわりの顰蹙（ひんしゅく）をかうかもしれません。けれどもまもなく、自分を笑った人のことをあわれんで笑うようになり、自分のほうが得をしたことがよくわかるようになるでしょう。

そして私がいま書いたようなことを全然しようと思わない人は、せめて週に一度、十時に床に就くことを始めてみてください。そうすれば、早く床に就いたぶんだけの時間とその時間にできた楽しみを失ったかわりに、どんなに大きな得をしたかということに気づいてびっくりするでしょう。

節度を守るという習慣と「小さな楽しみ」を楽しむ能力とは、緊密に結びついているのです。あらゆる人間が生来備えているこの能力を活用するには、現代の日常生活でほとんど衰弱して失われてしまったもの、つまり適度の快活な気分が、愛情と詩情が、必要欠くべからざるものだからです。

主として貧しい人に恵まれているこの小さな楽しみは、日常生活にふんだんに散在するのですが、とても地味なものであるために、ひじょうに多くの仕事人間の鈍くなってしまった感覚は、それをほとんど感じとることができないのです。

この小さな楽しみは目立たないものです。それは誰にでももてはやされるようなものではありません。それはお金がかかりません！（奇妙なことに、この上なくすばらしい楽しみは、いつもまったくお金がかからないものだということを、貧しい人びとさえも知らないのです）このきわめてすばらしい楽しみのうちの最高のものは、毎日自然と接触することから得られる楽しみです。とりわけ私たちの眼は、現代人の濫用され、酷使された眼でさえも、その気になりさえすれば無尽蔵の享受能力をもっているのです。

毎朝仕事に行く路上を、ついさっき眠りから覚めてベッドから這い出してきたばかりのたくさんの労働者が、私と同じ方向や反対の方向にそそくさと、寒さに震えながら歩いて行きます。ほとんどの人は、地面か、せいぜい通りすがりの人たちの服と顔を見つめて、さっさと歩いて行きます。頭を上げてごらんなさい、親愛なる友人たちよ！　一度試してみてください。――一本の樹木や、少なくとも美しい空の一角がどこからでも見えるのです。空も、どうしても青くなければならないということはありません。青空でなくとも、太陽の光はいつでもなんとはなしに感じとれるものです。毎朝、一瞬でも空を見上げる習慣をつけてごらんなさい。――すると、突然みなさんは身のまわりの空気を、目覚めてから仕事場に着くまでの道筋に満ちあふれているすがすがしい朝の息吹を感じとるでしょう。どんな日も、どんな家の破風（はふ）も、それぞれ独特の外観や明るさをもっていることに気がつくでしょう。ほんの少し注意して観察するだけで、みなさんは一日じゅうその楽しみの余韻と、少しばかり自然とともに生きたという満足感を味わうでしょう。

眼そのものも、訓練を積むにつれて、たくさんのささやかな魅力のあるものを簡単に伝達してくれるようになり、簡単に自然や街道を観察することができるようになり、平凡な日常生活のもつ無尽蔵のおもしろさを把握できるようになるでしょう。そうすれば、今までよりも時間をかけずに、芸術家としての訓練を積んだ眼を獲得することができるようになるのです。大切なことは、まず始めること、眼を見開くことなのです。

一片の空、とある庭の緑の枝でおおいつくされた石塀、たくましい馬、美しい犬、子供たちの群れ、ひとりの美しい女性の顔、——こういったものをすべて私たちは失ってはならないのです。

最初の一歩を踏み出した人は、一本の道路のある区間で、一分も時間を失うことなしに、すばらしいものを見ることができます。この場合、この見るという行為は、見る者の眼を決して疲れさせることなく、かえって強くし、元気にします。そしてそれは眼だけでなく、心も身体も力づけるのです。

おもしろみのない、あるいは醜いものでさえも、あらゆるものが見るに値する面をもっています。私たちが見ようとする意志をもたなくてはいけないだけなのです。私がかなり長いあいだ働いていた建物の向かい側に、女学校がありました。この建物と女学校とのあいだに、十歳くらいの少女たちのクラスの遊び場がありました。私は勤勉に働かなければなりませんでした。それで、子供たちの休憩時間のたびに、遊んでいる子供たちの喧噪（けんそう）に悩まされもしました。けれど、この遊び場をほんの一度ちらっと眺めるだけで、どれほど多くのよろこびと、生きる楽しみが得られたかは、筆舌につくしがたいものでした。子供たちのいろとりどりの服、生き生きした陽気な眼、しなやかで敏捷な身のこなしなどは、私の心の中の生きるよろこびを増大してくれました。乗馬学校や養鶏場なども、多分同じような効果をもつことでしょう。たとえば家屋の壁など、ひとつの色をもつ表面に当たる光が及ぼすさまざまな効果を一度でも観察したことのある人は、眼というものが、いかにほどよい、楽しむ能力をもつものであるかを知っています。

　このような例で充分でしょう。読者のうちの多くの人びとは、きっともう、ほかのたくさんのささやかな楽しみを思いつかれたことでしょう。たとえば一輪の花や、果物などの匂いをかぐときの、あるいは自分の声や人の声を聞くときの、あるいは子供たちのおしゃべりをこっそり聞いたりするときなどの、きわめてすばらしいよろこびなどを思いつかれたことでしょう。このほか何千ものささやかな事物で私たちはささやかなよろこびの鎖をつくって、私たちの生活に編み込むことができるのですが、そのひとつは、あるメロディーを口ずさんだり、それを口笛で吹いたりすることです。

時間の不足と、意欲の欠乏に悩まされているあらゆる人に、私が勧めたいと思うことは、毎日できるかぎり多くのささやかなよろこびを味わって、かなり大がかりな、私たちを疲れさせるような娯楽は、休日や暇のあるときにとっておいて、小分けにして味わうことです。とりわけ私たちの健康の回復や、日常の重荷からのストレス解消のためには、大がかりな娯楽ではなくて、ささやかな楽しみがよいのです。

（一八九九年）

1　フリードリヒ・シュレーゲル（一七七二—一八二九）。ドイツの思想家。兄ヴィルヘルムとともにドイツロマン主義の雑誌「アテネーウム」を刊行し、その理論的指導者となった。

それを忘れるな

どんなにきびしく暑い日でも
かならず夕暮れが慰めてくれる
そして愛情をこめ　おだやかに　そっと
母のような夜がその日を抱きしめてくれる

私の心よ　おまえも　おまえ自身を慰めるがよい
おまえのあこがれがどんなに激しくおまえを悩まそうと
おまえを母のようにやさしく抱きしめてくれる
夜が近づいているのだ

ひとつのベッドが　ひとつの柩が
安らいを知らぬこの遍歴者のために
見知らぬ人の手で用意されるだろう
その中でおまえはついに休息するのだ

それを忘れるな　私の奔放な心よ
どんなよろこびをも愛するのだ
そしてにがい苦しみをも愛するのだ
おまえが永遠に休息せねばならぬときまで

どんなにきびしく暑い日でも
かならず夕暮れが慰めてくれる
そして愛情をこめ　おだやかに　そっと
母のような夜がその日を抱きしめてくれる

（一九〇八年）

無為の技（わざ）

精神的な仕事でさえも、伝統と美的感覚のない非情な工業社会の営みに適応してゆくにつれて、そして学問と学校が、私たちの自由と個性を奪うことに腐心し、息つくひまもなく努力しなければならない生活が理想だなどということを子供の頃から私たちの頭にたたき込むことに熱心になるにしたがって、ほかのいくつかの時代遅れの技とともに、無為の技もすたれ、尊重されなくなり、実行されなくなる。だからといって、私たちが昔はこの無為の技の分野で達人だったというわけではない。ひとつの技になるまでに磨かれた無為の生活態度は、西洋ではいつの時代にも、無害な素人芸として存在していたにすぎない。

それだけに現代でもひじょうにたくさんの人びとがあこがれの思いをこめて東方を見つめ、さんざん苦労してシーラーズ[1]やバグダードから、わずかばかりのよろこびを、インドから少しばかりの文化と伝統を、仏陀の聖域から幾分かの真摯な心情と瞑想を習得する努力をしているにもかかわらず、ごく身近なものを手に入れる者がほとんどいないということ、つまり、私たちがオリエントの物語を読んでいるときに、ムーア人の宮殿の噴水で冷やされた庭から吹き寄せてくるように思われるあの魔力を、少しでも手に入れようと努力する人が、めったにいないというのはまことに奇妙なことである。

いったいなぜ、私たち西洋人の多くの者が、『千一夜物語』やトルコの民話や東洋の『デカメロン』ともいえるすばらしい『鸚鵡(おうむ)の本』[2]などといったオリエントの物語を読んで、一種不思議なよろこびと満足感を味わうのであろうか？　あれほど繊細な感覚をもった独創的な若手の詩人、パウル・エルンスト[3]のような人が、その著『東方の王女』の中で、オリエントへの古い小道をあれほど頻繁にたどっているのはなぜだろうか？　オスカー・ワイルドが働き疲れた想像力をあんなに好んでオリエントに避難させたのはなぜだろうか？　数人のオリエント学者の意見を無視して、率直に言わせてもらえば、何巻もの『千一夜物語』は、内容からいうと一篇の『グリム童話』、あるいは一篇の中世のキリスト教の説話にも匹敵しないことを白状しないわけにはいかない。それにもかかわらず私たちは『千一夜物語』を読んで楽しみ、それをまもなく忘れてしまう。その中のひとつの物語がほかの物語ときょうだいのように似ているからである。しかし、ふたたび同じような楽しみを味わいながら読み返すのである。それはなぜであろうか？　それはオリエントのすばらしい、洗練された語りの技のせいだという人がいる。けれど、そう主張する人びとは自分たちの美的判断力を過大評価していることになるであろう。私たちの言葉で書かれた文学の、希有（けう）で本物の物語作家の技量がわが国でほとんど絶望的なまでに無視されているのに、なぜ私たちはこれら他国の文学に盲従しなければならないのであろうか？　つまりそれは、語りの技から得られるよろこびのせいではないのだ。実のところ、私たちはそもそも語りの技を享受するセンスなどほとんどもっていないのだ。私たちは読みながら大まかな筋と内容のほかに、実はただ人物や情景の魅力的な心理および感情の描写を探し求めているにすぎない。

こんなにも大きな魅力で私たちを呪縛するあの東洋の芸術の背景をなすものは、東洋の怠惰である。つまりひとつの技にまで高められ、洗練された形式を整え、美的なよろこびを生み出す無為の生活様式のせいなのである。

アラビアの物語作家は、彼の童話の最高に息づまるような箇所にくると、王の緋色（ひいろ）のテントとか、宝石をちりばめて刺繡した鞍敷きとか、ある托鉢僧（たくはつそう）の徳とか、ほんとうに賢い人の完全無欠な生き方を、微に入り細をうがって描写する時間をいつもたっぷりともっている。彼が、物語の中の王子や王女にひとこと発言させる前に、彼らの唇の赤さと曲線を、彼らの美しい白い歯の輝きと形を、大胆に燃え上がる、あるいは恥じらいを含んで伏せられたまなざしの魅力を、非の打ちどころのない手入れのゆきとどいた白い手のしぐさと乳白色にほのかに光るバラ色の指の爪が、宝石をはめ込んだ指輪の輝きと競いあう様子などを詳細に記述する。そして聴衆は、語り手の話の腰を折ることはない。聴衆は、現代の読者のもつ性急さと貪欲さには縁がないのである。

聞き手は、ひとりの若者の恋のよろこびや、主君の勘気（かんき）にふれた大臣の自殺の話に聞き入るときと同じように熱心に、ひとりの老いた隠者のさまざまな特徴の描写に耳を傾けて楽しむ。私たちは読みながら、たえずあこがれと羨望の念を抱く。「この人たちには暇があるのだ！」そう、たっぷり時間があるのだ！　この人たちはひとりの美女の美しさを表現したり、あるいはひとりの悪漢の卑劣さを描写したりするための新しい比喩を考え出すのに、一昼夜をかけることができるのである！

そして正午に始まった物語が夕方にようやく半分まで語られたときに、聞き手は身を伏せて祈禱をし、アラーに対する感謝の心をもってまどろみを求める。明日また一日が始まるからである。彼らは時間に関しては億万長者である。彼らは底無しの泉から汲み上げるように時間を汲み上げる。この場合、一時間とか一日とか一週間の損失はたいしたことではない。そして私たちは、あの無限に入り組んだ不思議な寓話や物語を読んでいるうちに、私たち自身も不思議に我慢強くなって、結末を早く知りたいなどと思わなくなる。私たちはこの瞬間に大きな魔法に呪縛されたのである。——つまり無為の神がその奇跡の杖で私たちに触ったからである。

最近、おびただしい数の人びとがまた西洋文化にあきて、人類と文化の揺籃（ようらん）の地に救いを求めて巡礼し、偉大な孔子や偉大な老子の足もとに腰を下ろしているのであるが、このうちの多くの人びとは、あの無為の神への、心底からのあこがれに駆り立てられているのである。あの憂いを払うバッカスの魅力も、ハシッシュのもたらすあの甘美で恍惚とした催眠状態も、とある山の尾根にすわって自らの影の運行を観察し、めぐり過ぎて行く太陽と月の絶え間のない、聴く者を酔わせるかすかなリズムに耳を傾けてわれを忘れている世捨て人のはかり知れぬほどの深い安息にくらべたら、どれほどの価値をもつだろう？　私たちの土地、貧しい西洋では、私たちは時間をこれ以上には細分できないほどに砕いて、それぞれの破片が硬貨一個分の価値しかもたないほどにまでなってしまった。けれど東洋では、あいかわらず時間は、細分されることなく、絶え間なくみなぎりあふれる波浪となって流れ、ひとつの世界の渇きを癒すに充分なだけあって、海の塩、星の光のように無尽蔵なのである。

現代の工業社会と学問の世界の、個性をむしばむ営みに対して、なんらかの忠告をしようなどという気はさらさらない。工業社会と学問の世界では個性などというものはまったく必要とされないのであるから、この世界の人びとは個性などもたなくてもかまわないのである。文化の大破滅のただ中でまだかろうじて生きてゆけるひとつの島に住んでいる私たち芸術家は、従来と同じようにこれからも、工業社会や学会の掟とは異なる掟に従って生きなくてはならない。私たち芸術家にとって、個性は決して贅沢品ではなくて、生存のための必要条件、生きるための空気、生きるために不可欠の資本だからである。

ここで私の言う芸術家とは、自分自身が生きて成長していることを感じとる必要と欲求をもつ人、自分自身のもっているさまざまな力の基礎を認識し、その力を基礎として、自分に生来そなわっている法則に従って自己を育成することを必要不可欠とする人、すなわち、彼らの力の基礎と力の本質とはたらきが、堅牢な建物の天井と壁、屋根と柱がもつのと同じように明確で意義深い関係をもつ、本質的な仕事と生活だけをすることを必要不可欠とする人すべてを指しているのである。

しかし芸術家は、いつの時代においても、ときおり無為に過ごす必要があった。ひとつには新しい体験を消化し、自分の心の中で無意識のうちに活動していた思想などを熟成させるために、ひとつには何の目的もなく無心になって、くりかえし自然のままのものに近づくために、子供に帰り、大地や、植物や、岩石や、雲の友であり兄弟であることをふたたび知覚するためにである。絵を描いたり、詩作をしたり、あるいは自分の個性を築きあげたり、自分自身を対象にして詩作をしたりするなど、何かを創作して楽しもうとしたりする場合など、どんな人でもすべて同じことなのであるが、たびたび休息せざるをえないのである。

下準備ができたばかりのカンバスの前に立つ画家は、描きはじめるために必要な精神集中と、心の中から湧き上がる勢いがまだ不足しているのを感じる。それでも制作にかかりはじめ、疑いはじめ、いじくりまわしはじめる。そして結局、腹を立てるか悲しみのあまりすべてを投げ捨てて、自分には才能がなく、誇らしい使命をなしとげる能力がないのだと感じ、自分が画家になった日を呪い、アトリエを閉めて、気楽な仕事をしながら良心にやましさを感じることなく日々を過ごしているすべての道路掃除人をうらやましく思うことになる。

詩人の場合、ある構想をもって仕事を始めてから、その構想に疑いを抱き、当初から感じていた偉大さがその中にないことに気づいて不満を感じ、いくつもの言葉や何頁もの文章を線で消して書き直し、そのあげく書き直した新しい言葉や文章をまもなく火の中に放り込み、書きはじめる前にははっきりと見えていたものが突然ぼやけて、灰色の空のかなたに漂っているのを見、突如として自分の情熱と感情を、けちくさく、まがいもので、偶然のものにすぎないと思って、その仕事から逃げ出し、画家と同じように道路掃除人をうらやましく思うのだ。そしてほかの芸術家の場合も同様である。

多くの芸術家の生活の三分の一から半分までは、このような時間で成り立っているのである。ほとんど間断なく、むらなく創作の仕事を続けることができる芸術家などは、まったくまれな例外にすぎない。このようなしだいで、芸術家は何も仕事をしていないように見える創作のできない状態におちいると、芸術に無縁な人はそれを見て軽蔑したり、同情したりするのである。新しいものを創造するための一時間のためには、その一時間の何千倍もの莫大な仕事が必要であることを、芸術に無縁な一般の人は理解できない。同様に一般の人は、芸術家がただ描きつづければよいだけなのに、絵筆で平行線を何本か引けばよいだけなのに、なぜそうしないで気が狂ったようになってしまうのか、そんなに興奮しないで絵を完成させればよいだけなのに、なぜそうしないで、たびたび仕事に行きづまってゴロリと横になり、くよくよ思い悩んで、何日も何週間ものあいだ仕事を放り出しておかなくてはならないのかわからないのである。

そして芸術家本人も、こういう創作のできない状態に陥るたびに驚いて、この状態が創作に不可欠なものであるとは思わず、毎度同じ苦しみをくりかえし、不当にも自分の能力を疑うのであるが、結局は自分に生来備わっている法則に従って創作しなくてはならないこと、そして仕事をする精力を失うのは、ありがたいことに疲労のせいでもあり、しばしば着想が過剰になったせいでもあることを悟るようになる。

すなわち、できるならば今日のうちに具体的な美しい作品に変身させたいと思うアイデアが自分の中で活動しているのであるが、そのアイデアはまだ作品になることを望んでいない。それはまだ熟成していない。それを仕上げるための最も巧妙で唯一可能な方法がまだ見つからないのだ。それゆえ待つほかにすべがないわけである。

この待機の時期の暇つぶしのためには、もちろん何百ものすばらしい方法があるだろう。とりわけ、重要な先人の作品や、同時代人の作品に接して学ぶという方法もあるだろう。けれど、解決がつかないので日夜悩みのもとになっている問題が、肉に刺さった棘のように心に引っかかっているときに、シェイクスピアの作品を読むなどということは、たいていの場合、楽しいことではない。そしてスケッチを始めたがうまくゆかず苦しんで、みじめな思いをしているときに、ティツィアーノ[4]の絵を見てもほとんど慰めを得ることはできないだろう。

とくに「芸術理論を重視する芸術家」を志している若い人びとは、このような創作のできない時間を、思索のために使うのが最良の策と考えて、その結果、目的もなく無益に思い悩んだり、さまざまな疑念やほかの想念で苦しんだりすることになる。さらに昨今、芸術家のなかでも、戦果を上げているアルコールに対する聖なる戦いにまだ参戦していない人びとは、上等のワインの飲めるところへ行くこともある。このような人びとに、私は心から共感を抱く。なぜならば、ワインは清涼剤であり、慰藉剤であり、鎮静剤であり、夢を与えてくれるものであり、多くの禁酒運動家が最近、私たちの頭にたたき込もうとしているような邪悪な神とは違って、はるかに上品で美しい神だからである。

しかしワインは万人向きの神ではない。この神をワインについての知識と節度をもって愛し、味わい、この神の甘美な言葉のやさしさを完全に理解するためには、他の芸術の場合とまったく同じように、生まれつきの才能が必要だからである。その場合でさえ、訓練が必要である。そして、よき伝統に従わなければ、ワインを享受する能力に磨きをかけることはほとんどできない。それに、たとえこの分野で選ばれた人であっても、まさに私たちが目下話題にしている創作上の不毛の時期に、ワインの神を正式に崇めるためにどうしても必要なお宝を持ち合わせていることはまれかもしれない。

さて、芸術家たる者、この二つの危険を――つまり創作の期が熟さず、創作する意欲のない状態で仕事を続けるという危険な時期と、自信を失ってくよくよと悩んでいるスランプ状態という危険を――心身ともに無事に切り抜けるにはどうしたらよいのであろうか？　社交、スポーツ、旅行などは、どれもみなこのような状況には効果がなく、一部の裕福な人びとだけができる気晴らしである。それに裕福な人びとの仲間に入ろうなどという野心は、芸術家には無縁である。

またすべての芸術は互いに血縁関係にあるとはいえ、このような不運の時期には助け合わないのがふつうである。つまり解決のつかない問題で悩んでいる詩人が画家の作品で、あるいは画家が音楽家の作品で、心の平安を取り戻すことは、ほんとうにまれである。なぜならば、芸術家は心が晴れやかで創作のできるときだけ、芸術を深く完全に味わい、楽しむことができるのであり、苦境にいるときには、あらゆる芸術作品が味気なく精彩のないものに思われるか、その逆に自分がますます自信をなくすほどすぐれているように思われるからである。たとえば、一時的に意気消沈してとほうにくれている者は、ベートーヴェンを一時間聴いて、元気を取り戻すこともあるかもしれないが、完全に打ちひしがれることも大いにありうるのである。

私たち西洋人が、揺るぎない伝統をもつ、磨きぬかれた無為の技をもっていないことを残念に思い、それ以外の点では純粋にゲルマン的な心をもつ私が、あの人間のふるさとであるアジアを羨望とあこがれの思いをこめてそっと眺めやるのは、このようなときである。そこでは、一見、形式のないように見える「無為」という植物のような存在状態に、太古以来習練を積んで、一種の秩序と、それを高尚なものにするリズムを与えることができたのである。

私はこの無為についての実験に多大の時間をついやした、といっても自慢したことにはならないだろう。この実験を通して得た経験については、今ここで言及しないで、いつの日か発表しようと思う。――ただ私がこの創作上の危機に「無為」というものを体系的に大いに楽しみながら実行する方法をほぼ習得したということを断言するにとどめよう。もし読者の中に芸術家がおられるならば、今一定の方法でこの「無為」を実行する試みを始めるかわりに、失望して、イカサマ師を見限るようにこの「無為」の実践を見限ることがないように、この無為という神殿における、私自身の見習い時代の初期について、ざっと次の数項でまとめておきたい。

1　私はある日のことぼんやりとした予感に駆り立てられて、『千一夜物語』と『サジッド・バッタールの冒険旅行』[5] のできるかぎり完全なドイツ語版を数冊、図書館から借りてきて、それらを前にしてすわった。――そしてはじめの短い楽しみのあとで、つまり一日のあいだそれらを読んだあとで、両方とも退屈だと思った。

2　この不成功の原因を考えてみて、私は結局、これらの本を読んで楽しむには、とにかく横になるか、それとも床の上にすわらなければだめだということを知った。西洋の背もたれのまっすぐの椅子は、これらの本の効果を台なしにしてしまうのである。ついでに言うと、この際、横になった場合や、すわった場合には、空間や事物の見方が完全に変わってしまうということが、はじめてわかった。

3　すぐにわかったことであるが、自分で読まずに誰かに朗読してもらうと、このオリエントの雰囲気は二倍の効果を上げることができる（ただし、朗読者もねそべるか、すわるかしなければならない）。

4　こうして、ようやく有効な方法でこれらの作品を読みながら、まもなく私は一種無心の傍観者という気分にひたるようになり、そのような気分によってまもなく私は、このような本を読んでいなくても、何時間ものあいだ休息を続け、一見つまらない事物に（たとえば、蚊が飛ぶ場合の一定の法則とか、日光の中をほこりが一定のリズムで漂う様子とか、メロディーのように感じられる光の波、等々）注意を集中しつづける能力を得たのである。これを通じて、現象の多様性に対する私の驚嘆がつのるのと同時に、自分自身を完全に忘却することができて、私の心は落ち着いた。これによって、決して退屈することのない、治療効果をもった「ファル・ニエンテ（無為）」が確立されたのであった。

これが始まりなのであった。意識的な生活を脱却して、芸術家にとってほんとうに不可欠なものであるのに到達しにくい、ひとときの自己忘却の状態に沈潜するために、他の人びとは、私とは違った方法を選ぶことであろう。ただ、私のこの提案が、もしかすると存在するかもしれない西洋の無為の達人に刺激を与えて、その人が自分のやり方を説明、報告してくれるならば、私のこの上もなく熱い願いはかなえられることになるであろう。

（一九〇四年）

1　シーラーズ＝イラン南部の中心都市。「緑の庭園」とも呼ばれている。

2　『鸚鵡の本』＝古代インドの説話集。作者・成立年代不明。夫の留守を守る妻が、賢いオウムの話を聞いて、かずかずの誘惑や危険を免れる物語。

3　パウル・エルンスト（一八六六―一九三三）。ドイツの作家。厳格な形式と倫理的価値を重んじる新古典主義の代表的作家。戯曲『デメートリオス』、小説『ラウテンタールの幸福』、短編集『東方の王女』など。

4　ティツィアーノ＝ティツィアーノ・ヴェチェリオ（一四九〇？―一五七六）。イタリア・ルネサンス、ヴェネチア派の画家。

5　『サジッド・バッタールの冒険旅行』＝トルコの国民的英雄の冒険物語。十四世紀頃の作者不詳の民衆文学。

美しい今日

明日(あした)――明日はどうなることだろう
悲しみ　不安　乏しいよろこび
重い頭　取り返せない悔い――
おまえは生きるべきだ　美しい今日を！

時がすみやかに飛び去りつつ
永劫に輪舞を繰り返そうと
この杯を一気に飲み干すことは
私の権利であり　誰も奪うことはできない

私の放縦な青春の炎は
今この時に高く燃え上がる
死よ　さあ　おまえに私の手をあずけよう
おまえは私を征服するつもりなのか？

（一九〇三年）

眠られぬ夜

君は、夜更けてベッドに横たわり、眠ることができない。通りは静まりかえっている。

あちこちの庭で風がときどき木を揺すっている。どこかで犬が一匹ほえ声を上げる。遠くの通りを一台の馬車が走って行く。君はその音をはっきりと聞きとる。その揺れ動く音から、スプリング付きの馬車であることがわかる。君はその馬車について行く。それは角を曲がる。それは突如としてスピードを上げる。そしてまもなく、その素早く回転する車輪の音は、深いしじまの中にそっと消えてゆく。それから夜更けの歩行者の足音。彼は急ぎ足で歩いて行く。その足音は、がらんとした通りに奇妙に響く。彼は立ち止まる。ドアのカギを開け、そのドアをうしろ手に閉める。そしてふたたびすっかり静かになる。

そしてまたもう一度、何かがかすかに動く物音が部屋の中に響き、だんだんまれになり、だんだん弱くなり、それからすべてのものが眠くなる時間がきて、どんなかすかな風も、壁紙のうしろを流れ落ちるどんなこまかい漆喰の粒の音もはっきり聞こえるようになり、音が大きくなり、君の五感を刺激する。それで全然眠れない。ただ疲れが眼と頭の上に薄いヴェールをかける。君は休みなく血が流れる音が耳に響くのを感じる。君は痛む頭の中で、かすかな熱っぽい生命の鼓動を聞く。君は浮き出た血管に一様な、しかし混乱している脈拍を感じる。

転々と寝返りを打ったり、立ち上がったり、また横になったりしても何の役にも立たない。それは君が、君自身からどうしても逃れることのできない時間のひとつである。想念と思い出が、君の心を支配する。そして、ふだんなら話をしてそれらを消し去ってくれるような話し相手もいない。自分の家を離れて生活している者のまぶたには、故郷と子供の頃の家と庭が浮かんでくる。彼がこの上もなく自由に、この上もなく忘れがたい子供の日を過ごした森や、彼が騒がしく子供の遊びをした部屋や階段がまぶたに浮かぶ。見なれない、まじめな、年をとった両親の顔、まなざしに愛と心配と非難を込めた両親の顔が浮かぶ。彼は手を差し出して、自分に向かって差し出された右手をさぐるが見つからない。深い悲しさと寂しさが彼を襲う。

そのうちにほかの人びとの姿も現れてくる。そしてこのようなときの当惑した厳粛な気分の中では、それらの人びとの姿に、ほとんど誰もがせつない思いにさせられる。若い頃に、自分の身近な者たちに悲しい思いをさせたり、愛をはねつけたり、他人の行為を軽蔑したりしなかった人がひとりでもいただろうか？　一度でも自分のために準備された幸せを反抗心と慢心から取り逃さなかった人があるだろうか？　他人が畏敬するものや、自分の畏敬するものを冒瀆しなかった人、おろかなひとことで、あるいは約束を守らずに、また人を傷つけるような不快な態度で、友人たちにひどい仕打ちをしなかった人があるだろうか？　今、その人たちが君の前に立って、ひとことも口をきかずに、物静かな目つきで君を奇妙な様子で見つめている。そして君は、彼らに対して、そして自分に対して、恥ずかしい思いをする。

君が充分運動をし、騒ぎ、さんざん気晴らしをした日々のあとの、どれほど多くの夜を君はこの同じベッドで何の不安もなく眠ったことだろう。そして君は今日のように、君が君自身をお世辞を言わない無言の話し相手にして以来、どんなに長い時間がたっているかに気づく。君は何にもかまわずに生きつづけていた。君はこのような時期に、無限にたくさんのものを見、話し、聞き、笑った。そして今これらすべてのことは、実際は存在しなかったかのように思われ、君には縁のないものとなり、君の心から消えてしまう。一方、君の子供の頃の青空、君の故郷のとうの昔に忘れてしまっていたさまざまの情景や、人びとの顔や、とうに亡くなってしまった人の声が、不気味なほど身近に、ありありと思い出されるのである。

眠りは、この上なく貴重な自然の賜物のひとつであり、友であり、避難所であり、魔術師であり、もの静かな慰撫者である。だから、長いあいだ不眠症で苦しみ、三十分ほど熱っぽいうたた寝をするだけで満足しなくてはならない人に、私は心から同情する。それにしても、生涯を通じて一度も眠れぬ夜を過ごしたことがないなどという人がいたら、その人が単純きわまりない魂をもつ自然児でないかぎり、私はその人を愛することができないだろう。

現代の目まぐるしい、頭がくらくらするような生活の中で、魂が自分自身を意識することができ、感覚や精神の活動にさまたげられずに、思い出と良心という鏡に映る自分のありのままの姿を見る時間は、驚くほど少ない。そのようなことは大きな苦痛を体験したときに、たとえば母の柩のかたわらとか、病床とか、かなり長期の一人旅のあと家に落ち着いた最初の数時間などに起こるかもしれない。けれど、このようなときにはいつも、魂は気持ちの錯乱と意識の混濁に影響を受けているものである。

その点で、こんなふうに眠れずに過ごす夜は魂にとって重要なのである。つまり、魂は、このような眠れない夜にだけは、自分の見るものに驚かされても、ぞっとしても、裁きを受けても、悲しんでも、外からのさまざまな力に揺り動かされずにほんとうの自分自身になることができるからである。私たちが昼間ずっと送っている感情の生活はそれほど純粋なものではない。感覚が激しく影響し、理性が前面に出てきて、さまざまな感情の動きに判断の声や、比較の微妙な刺激や知性のデリケートで破壊的な刺激などを混入させるからである。

　魂は半ばまどろみながら、感覚と分別のなすがままになり、何日も何カ月も、半年ものあいだ五感と分別に従属し、抑圧されて生きつづけるのであるが、ついに魂の出番がきて、つまり、不安におびえた、眠られぬある夜に、魂は分別と感覚の束縛を断ち切り、これらに寸断されずに一体となって自分の思うままに、なんの制限も受けずに生きて活動し、私たちを不意打ちしたり、ぞっとさせたりすることになるのである。私たちの生活が形式だけではないことや、どんな外部からの影響によっても変えられたり惑わされたりしない力を私たちが心にもっていることや、私たちが支配できない声が心の中で語ることなどにときどき気がつくことは、私たちにとって有益なことである。自分自身に対して正直であり、何らかの信仰をもつ者は、このような内面の声に従い、このような時を過ごしたあとは、本質的なものをより深く洞察できる眼をもつようになる。

私は、病気としての不眠についても、ひとことつけ加えたい。不眠症に悩む人はみんな、私が言わんとすることをよく知っているので、それはもしかしたら余分なことかもしれない。不眠症の人はみなよく知っていることであるけれど、それを話題にする人はほかにいないであろうから、私がそれについてここで言及すれば、不眠症の人はよろこぶであろう。すなわち私は、不眠状態が魂に与える教育のことを言っているのである。

病気と、待たなければならないという状態とは、どんな場合でも私たちに、はっきりとした教訓を与える。とりわけ私たちはすべての神経症の苦痛からとくに強烈な教育を受ける。異常なほどに謙虚な優雅さと、優しい思いやりの気持ちを態度や言葉で表す人を見て、人びとは「あの人はひどく苦しんだにちがいない」と言うことがある。不眠の夜という学校ほど、自分自身の肉体と考えを制御する能力をよく磨き、養ってくれる学校はほかにない。

人を優しく扱い、いたわることができるのは、自分自身も同じように優しく扱われたいと望む人だけである。物ごとを寛大に観察して、愛情をこめて比較検討し、ひとりの人間の行動ないし性格の心理的原因を洞察し、人間のもつ弱みをことごとく好意的に理解できるのは、しばしば孤独なときの容赦のない静けさの中で、自分自身の奔放な想念のとりこになって苦しんだことのある人だけである。

多くの夜を眠られぬままに、静かに横たわっていたことのある人を、日ごろ見分けることはむずかしくない。さらに、不眠の夜はもうひとつの教育的価値をもつ。それは畏敬の気持ちを養い、育むことである。もちろんこの「畏敬の気持ち」という問題は、ほかのところでもっと詳しく考察すべき価値があるけれど、ここでは私は不眠症と関連して言及しておきたい。——不眠の状態は、あらゆる物ごとに対する畏敬の念を、この上もなく貧しい生活にさえ持続的な高揚した気分という香気を与えることのできるあの畏敬の念を、詩人と芸術家の偉大さを決定する最高の条件である畏敬の念を、養い育てるものなのである。

ひとりの眠れない人がベッドに横たわっている様子を想像していただきたい。時間は静かにゆっくりと流れてゆく。時を打つ音と時を打つ音とのあいだに、耐えがたい、無限という、大きく黒い淵が横たわっている。——一匹のネズミが走りまわる音、一台の車の車輪が回転してゆく音、時計が時を刻む音、泉水のざわめき、風の音、家具のきしむ音を、どんなにたびたび私たちは聞いたことだろう！　ほとんど注意を払わずに、私たちはそれらの音を聞いたものだった。しかし今、この孤独と死のような静けさの中では、私たちは命あるものへのあこがれの思いでいっぱいになって、かすめ過ぎてゆくどんな生気にもすがりつくのである。ゆっくりと進んで行く馬車の音が、私たちの関心を活発にかき立てる。私たちはその重量と型、それを引いている馬の疲労のほどや力を推定してみる。私たちはそれが通って行く通りを、そしてその馬車が曲がって入る次の道を推測しようとする。それとも水盤に落ちて流れ去る泉水の音！私たちはそれをおだやかな音楽のように、病人が、自分を見舞ってくれて、健康の香気と外界のほんのわずかな生気を、自分の孤独な生活に持ち込んでくれる友のおしゃべりに聞き入るように、感謝の思いを込めて耳を傾けるのである。

水のあふれた水盤に泉水の流れ落ちる音や、それよりももっとおだやかで不規則な音を立てて水槽から流れ去る音を聞く。この絶え間のないざわめきの中から、あるひとつのリズムがあるのを聞き取ろうと努める。流水の拍子に合わせてそっとハミングしたり、ハミングをやめて流水だけがうたいつづける音に耳を傾けたりする。夢見心地で、想像の中でこの流れ去る水についていって、小川や大河を通り過ぎて海へゆき、永遠の生成、死と新生の根源へ戻ってゆく。こうしているうちに、魂が、漠然とした想念が活動しはじめる。

私たちの生活が、私たちの目の前に広がる。それまでわけがわからず、紛糾しているように思われたさまざまな体験のあいだのつながりと、それらを支配する法則とが突如としてはっきりと見えるようになる。泉水のざわめきに耳を傾けることから、この世の万象を統(す)べる因果関係を見ぬき、それを讃嘆するようになるまでの道を、人間の眼には見えない生命の究極の秘密に対する畏怖(いふ)の気持ちをもつようになるまでの道を、このような眠れない夜におけるほど、私たちが忍耐強く、注意深く、真剣にたどるときはほかにないのである。

　こういうふうにすべての不眠に悩む人は、すでに災いを転じて福となしているにちがいない。私は、彼らが不眠の苦しみに我慢強く耐えられるようにと、できることなら彼らの不眠症が治るようにと祈るものである。しかしすべての思慮のない人びとや、ずぼらな生き方をしている人びとや、自分の健康を自慢している人びとに対しては、私は、彼らがうたた寝もせずに横になって、自分たちの内面生活が非難の気持ちを込めて自分たちの眼前に現れるのを我慢しなくてはならないような一夜を、ときどき過ごしてみてはと願うものである。

（一九〇〇年）

夢

ひとつの悪い夢から覚めて
私はベッドにすわり　夜のしじまを凝視する
暗闇からこんな絵図を呼び出した私自身の魂に
恐れを抱く

私が今夢の中で犯した罪は
ほんとうに私の仕業か　ただの幻想か？
ああ　悪夢が私に見せるものは
苦々しくも真実で私自身の本性のなせる業
清廉潔白な裁判官の口から
私の性格の汚点が告げ知らされた

窓から夜が冷たく流れ込み
霧がかかったように灰色の輝きを放つ
おお　甘美な明るい昼よ　早く来てくれ
そして夜が私に与えた痛手を癒してくれ！
昼よ　おまえの太陽で私をくまなく照らしてくれ！
ふたたび私が昼に耐えられるように！
それがたとえ苦しみであろうとも　私を
この嫌な時間の恐ろしい恐怖から解き放ってくれ！

（一九〇八年）

精神の富

人間の本性は、逆境に陥ったときにはじめてはっきりと現れてくる。たとえば、ある人間が精神的なもの、すなわち理想などとどんな関係をもっているか、つまり味わったりつかんだりすることのできないすべてのものとどんな関係をもっているかも明らかになるのである。人間がそれまでもっていた物質的な支えをなくしたり、それがぐらついたりしたときにはじめて、その人間が精神的なものとどんなに純粋なつながりをもっていたか、精神的なものがその人にとってほんとうに価値があるものであったかどうかが明確になるのである。大きな試練の時代には、精神的なもののために生きるすべを知っている人よりも、精神的なもののためにいのちを捨ててしまう人のほうがずっと多いという不思議な経験をする。

文化というものは、自然とは対立するもので、人間が毎日生きるためにどうしても必要なもの以外の、精神の領域に属するすべての発見と創造である。その最上位にあるものが、宗教と芸術と哲学である。貧しい男がうたう民謡も、遍歴職人[1]が森や雲を見て味わうよろこびも、祖国愛や政党の理想に捧げる愛情も――すべてが「文化」であり、精神的財産であり、人間だけがもつものである。人類のこの精神的財産は、世界の歴史や諸民族の発展のあらゆる変動を超えて保存され、真価をあらわし、ゆたかになってきた。この精神的財産を共有する者は、確固たる精神の共同体の一員であり、何人(なんぴと)にも奪われ得ない財産を所有しているわけである。金銭や健康や自由や生命は、失われることがある。けれど私たちがほんとうに自分のものとして所有している精神的財産はすべて、私たちが生命をなくすときだけにしか奪い去られることはない。

困窮と苦しみの時代になってはじめて、何がほんとうに私たちのものであり、私たちのもとに忠実にとどまるのか、何が奪い去られるかが明らかになる。恵まれた時代に、新約聖書の美しい箴言(しんげん)や、含蓄のあるゲーテの詩を愛して尊重したり、すぐれた講演やすばらしい音楽を聴いて楽しんだりしたのに、困窮や飢えや憂慮で生活に影がさしてくると、それまで愛していたものをことごとく失ってしまう人びとが少なくない。そのような人たちは、それぞれの文化財に対してただ受動的な享受者としての関係をもっていたにすぎない。このように逆境に陥って、これらの文化財に見捨てられてしまったことを認識する人、つまり、蔵書をなくしてしまうと同時に思想に関心をなくしてしまう人や、コンサートの予約席を失うと同時に音楽を失ったりする人は、貧しい人である。そして、このような人は疑いもなく、すでにそれ以前においても、あの文化財という美しい世界と本物の正しい関係をもっていなかったのである。

というのは、このような事物との正しい関係は、受動的な享受者の関係ではないからである。その享受者がたとえひじょうに教養があったとしても、広範な読書家で自分の愛読する書物について知識と体験を積んでいるとしてもである。受動的な享受者は、財産を有効に運用しない金持ちと同じように、たんに文化財をもっているにすぎないのである。――いったん彼がそれを失ったときには、貧しくとも楽しく生きられる乞食よりも不幸になってしまう。

まさに文化の領域の財宝は、誰にでも手に入れることのできるようなものではなく、それとかかわりあう個人と密接なつながりをもつものである。偉大な芸術家が、内面生活のさまざまな闘いと深刻な不安を体験しながら創造した音楽を、気楽な聴衆である私が、コンサートホールの椅子にすわって、いとも簡単に自分のものにすることなど、とうていできるわけがない。そして思想家や受難者の、心の底からの欲求と苦悩から生まれた意味深い言葉を、不精な読書家の私が、背もたれの高いひじ掛け椅子に腰掛けて習い覚えて、自分のものにすることはできない。

個人的な日常生活で、私たちの誰もがこんな昔ながらの経験をする。すなわち、どんな関係も、どんな友情も、どんな感情も、私たちが自分自身の血を、私たちが愛と自分の生命の一部を、犠牲と闘いを捧げなかったものは、私たちのもとに忠実にとどまることはなく、信頼に値するものではないということである。

異性に熱を上げることがどんなに簡単なことか、しかし、ほんとうに愛することがどんなにむずかしいことであるかを、誰もが知っており、自ら体験するところである。ほんとうに価値のあるすべてのものと同じように、愛は買うことができない。買うことのできるセックスの悦しみはあるが、買うことのできる愛はないのである。私たちは生きることを通じて、子供から一人前の大人にならなくてはならない。人間は誰でも、従属することのできる能力と、自己を犠牲にする能力をもたなくてはならないことを学ぶ。つまり私たちは、社会の秩序を承認し、それを維持し、それを護るために自分の刹那的な快楽と欲望を犠牲にしなくてはならないことを学ぶのである。私たちがこの秩序を承認し、強制されてではなく、自由意思でこの秩序に従うならば、私たちは精神的に一人前の大人となり、教養ある人間となる。それゆえ、このようなことを決して学ばない犯罪者を、私たちは、精神が薄弱で、劣等な人間と判定するのである。

個人が人間の社会を承認して、それに犠牲を提供するときにだけ、社会はこの個人に生存の基盤を与え、助けるのと同じように、全人類と民族の共有する文化は、私たちがそれを知って利用し、楽しむだけでなく、それを承認し、それに従属することを私たちに要求する。私たちが心からこの文化を承認するやいなや、私たちは実際に文化財を共有する権利を獲得する。そして、ただの一度でも自分の心に浮かんだ崇高な思想を実際に行動に移した者や、ある認識のためにひとつの犠牲を捧げた者は、もはやたんなる文化財の愛好家にとどまらず、どんな境遇にあっても文化財から見捨てられることなく、文化財を自分自身の所有物としてもちつづけることのできる人たちの仲間入りをしたことになる。

どんな人間でも、一日に一度は天を見上げて永続的な効果をもつ優れた思想を思い出せないほど貧しくはないのである。作業に行く途中で、一行の美しい詩を暗唱したり、一節のすばらしいメロディーをひとりひそかに口ずさむ囚人は、ありあまるほどの美しいものと甘美な刺激の中に埋もれて生き、とうの昔にそれらのものに飽きてしまった多くの贅沢な人びとよりもはるかに確実に、これらの美しいものをそれらの慰謝の力もろとも所有することができるのである。

身内の人びとから遠く離れて悲しんでいる君よ、ときどきよい箴言か一篇の詩を読んでごらんなさい。美しい音楽を、美しい風景を、君の人生での純粋で、すばらしい瞬間を思い出してごらんなさい！　君が心を込めてそうするならば、君の今のひときがずっと明るいものとなり、将来がはるかに慰めの多いものとなり、人生が愛するに値するものになるという奇跡が起こるのではないだろうか、試してごらんなさい！

（一九一六年）

1　遍歴職人＝昔のドイツの職人制度では、修業時代（徒弟時代、見習い期間）を終えた者は、各地を遍歴して専門の修業を積むことが必須の条件であった。この時期の職人が遍歴職人で、わが国の渡り職人や流れ職人とは意味が違う。

孤独な夜

君たち　私のきょうだいである人たちよ
君たちの苦しみが天で慰められることを望み願い
受難者の瘦せた手を組みあわせて
かすかに光る星の夜空に向かって言葉なくさし伸ばし
苦しみ目覚めている人びとよ
あちこちの　あわれな人たちよ
君たち　同胞である人たちよ
君たちの苦しみに天で慰めが与えられることを乞い願い
受難者の瘦せた手を組みあわせて
かすかに光る星の夜空に向かって言葉なくさし伸ばし
苦しんでいる人たちよ　目覚めている人たちよ
遠く　近くの　あわれな人たちよ

（一九〇一年）

＊

自分の人生を外からざっと眺めてみると、とくに幸福であるようには見えない。しかし、いろいろと迷いはあったとはいえ、不幸だったとはなおさら言えない。こんなふうに幸不幸を問題にすること自体が、結局はまったくばかげたことなのだ。なぜなら、私の人生のどんなに不幸だった日々でさえ、数々の楽しかった日々よりも捨てがたいように思われるからだ。ある人間の生涯において、避けがたい運命を意識して甘受し、良いことも悪いことも充分に味わいつくし、外部からの運命とともに、それよりももっと本質的で、偶然のものでない内面的な運命を努力して築きあげることが重要であるとすれば、私の人生は貧しいものでも悪いものでもなかった。外的な運命は、すべての人びとと同様に私の上を避けがたく神々の定めるままに通り過ぎて行ったけれど、私の内的な運命はなんといっても私自身がつくったもので、その甘さも苦さも、当然、私に与えられたものであるから、それに対する責任は、私ひとりで引き受けようと思っている。

断章1（一九〇九―一〇年）

＊

私の人生は、貧しく苦労の多いものではあったけれど、他の人びとには、そしてときには私自身にも、ゆたかですばらしく見えることがある。人間の一生は、私にとっては、深く悲しい夜のようなもので、ときおり稲妻でもひらめかなければ、そして、そのパッと輝く突然の明るさが暗黒の年月を消し去って護ってくれるほど慰めになり、すばらしいものでなければ、とても耐えられないと思う。

闇、慰めのない暗黒、これが日々の生活の恐ろしい循環だ。人は何のために朝になると起きて、食べて、飲んで、そしてまた寝るのであろうか。子供や未開人や健康で若い人や動物は、こうしたあたりまえのことがらや活動の循環のことで悩んだりはしない。そんなことを考えて悩んだりしない人は、朝起きることや、食べることや、飲むことを楽しみ、そこに満足を見いだして、それ以外のことを望まない。けれど、それがあたりまえのことだと思えなくなってしまった人は、日々の生活の流れの中に、貪欲に油断なく、真実の生活の瞬間を求める。その閃光が自分を幸福にし、時間の感覚も、一切の事物の意義や目的についての考えも消してしまう瞬間を。そういう瞬間を、神の恵みの瞬間と呼ぶことができる。というのは、このような瞬間は造物主と一体になるような気持ちになったように思われ、またそういう瞬間には万物が、通常なら偶然に生じたものまでが、神の意志によって生じたものと感じられるからだ。

この瞬間は、神秘主義者が神との結合と名づけている瞬間と同じものである。他のすべての瞬間がひじょうに暗いと思われるのは、おそらくこの瞬間が並はずれて明るいせいであろう。他の生活がひじょうに重くねっとりとして、深みへ引きずり下ろされるように感じられるのは、おそらくあの瞬間の自由で、魅惑的で、軽快で、天にも昇るような快感からくるのかもしれない。それは私にはわからない。私はこのような問題で思索したことも哲学したこともなかったからだ。けれど、私にわかっていることは、もし永遠の幸福とか天国とかがあるとすれば、それはこのような瞬間が中断されずに持続する状態であるにちがいないということである。またこの至福の状態に苦しみと醇化(じゅんか)によって到達できるならば、どんな苦しみも痛みも、避けなければならないほどひどいものではない。

断章2(一九〇九―一〇年)

*

ところで、人生は楽しいものであるとか、楽しむためにあるなどと私は考えておりません。――人生とは、ひとつの事実であり、私たちができるかぎり覚めた意識によってのみ、それにより高い価値を付与することができる状態です。ですから私は、できるだけ多くのよろこびを得ることをめざして努力するのではなく、楽しみながらにせよ、苦しみながらにせよ、動物的に無意識に生きるのではなく、できるだけ意識して生きる努力をしています。そのため私は「人生の倦怠」[1]に書いたような状態も味わいつくしましたが、それを憂さばらしなどでごまかそうとはしません。その上に私は、運命の定めるものは避けられないものだと確信しておりますので、禍いにも福にも心を動かされはしますが、やはり抵抗したりしようとせずに甘受します。

断章3（一九〇八年）

1　「人生の倦怠」＝ヘッセの作品。『愛することができる人は幸せだ』（草思社文庫）所収。

＊

私たちの生活の構成要素である行為と苦悩は、補いあって一体をなし、不可分のものである。…それゆえ上手に悩むコツを覚えたものは、生きることに半分以上成功したこと、いや、それどころか、完全に成功したことになる！ … 苦悩から力が湧き、苦悩から健康が生まれるのだ。突然倒れて、ささいなことが原因で死んでしまうのは、いつもいわゆる「健康な人」であって、苦しむことを学ばなかった人びとである。苦悩は人を強くし、苦悩は人を鍛える。

断章4（一九一九年）

夜の行進中に

嵐と横なぐりの雨
黒々と広がる畑地
影のような暗雲が
荘重にわれらにつき従う

突然垂れ込めた黒雲の
明るい裂け目から
月光にあふれた夜空が
じっと群衆を見下ろす

雲間の空の島は青く澄み
冷たく光る星々がまたたく
月光を浴びた雲の縁は
銀の流れのようにうねる

魂よ　魂よ　準備せよ！
遠く去った兄弟たちが
時間にしばられた暗闇から
黄金の階段へと私を呼ぶ

魂よ　その合図を受け入れよ
広い天空で湯浴みせよ
神はおまえの暗い行路を
光明へと導くだろう

（一九一五年）

古い音楽

私の寂しい田舎家の窓の外では、しとしととやむ気配もなく、灰色の雨が降っていた。そして私は、もう一度長靴をはいて、遠い、汚い道を通って町へ行く気にはほとんどなれなかった。けれど私はひとりであったし、長いこと仕事をしたので、眼が痛かった。書斎の四方の壁からは、金の背文字の書物の列が私を見つめて、さまざまな難問や義務を投げかけ、私を不快にした。子供たちはもうベッドで眠っていた。そして私の小さな暖炉の火はもう消えてしまっていた。そこで私は出かける決心をして、コンサートのチケットを探し出し、長靴をはき、犬を鎖につなぎ、レインコートを着て、ぬかるみと雨の道に出て行った。

空気はすがすがしく、きつい匂いがした。野道は、幹の曲がりくねった槲(かしわ)の大木の並木のあいだを、隣りあう地主の屋敷沿いに気まぐれに曲がりくねって、黒々と続いていた。一軒の門番の家から、ほのかに明かりがもれていた。犬が一匹吠え、興奮しはじめて吠え声がだんだん高くなり、ついに吠え極まって、突然声がとまってしまった。黒々と茂った灌木の奥の別荘から、ピアノの音が聞こえてきた。こんなふうに夕方ひとりで野道を行き、ぽつんと立つ一軒家から響いてくる音楽を聴くときほど、美しく、あこがれの思いをかき立てられるものはない。いろいろな良いことや好ましいことについてのかすかな予感が心にめざめる。ふるさと、ランプの光、静かな部屋を満たす仕事の終わったあとの安らぎ、女性の手、それぞれの家庭の洗練された生活様式などについての予感である。

するともう最初の街灯が現れた。物言わぬ青白い町の前哨である。そしてまたひとつの街灯。その近くにほのかに光る郊外の家の破風（はふ）、それから塀の角を曲がると突然まぶしいアーク灯の光につつまれた市電の停車場が現れて眼がくらむ。長いレインコートを着た乗客たちが待っている。車掌たちが雑談している。濡れそぼって水がしたたり落ちる帽子をかぶり、湿った制服のボタンがにぶく光っている。一台の電車が轟音を立てて近づいてきた。車体の下で青い火花がひらめく。大きな窓ガラスのついた電車は、中は明るく、暖かそうだ。私は乗り込む。電車は走る。明るい電灯のついたガラス張りの箱の中から、幅広い、物寂しい夜の街路が見える。ここかしこに雨傘をさして電車を待っている女性たち、だんだん明るく、にぎやかになる街路、それから突然、高い橋の向こうに、窓と街灯の夕べの光に輝く町全体が見えてくる。そして橋のはるか下の深い谷底の暗い水が、電車の光を反射し、白く泡立つ堰が見える。

私は電車を降りて、細い路地のアーケードを通って、大聖堂のほうへ歩いて行く。大聖堂の前の広場では、濡れた石の舗道にひとつの街灯の光が、弱々しく、寒々と光っている。テラスには、マロニエの木が風にざわめき、赤みがかった光に照らされた正面の入り口の上のゴシック様式の塔が、はてしなく高い空に向かってしだいに細く尖ってゆき、濡れた夜の中に消え失せている。私はしばらく雨の中で待ち、最後に葉巻の吸いさしを捨て、高い尖塔アーチの中へ入る。湿った服を着た人たちがひしめき合って立っている。明るい窓ガラスの向こう側にチケット係がすわっている。ひとりが私にチケット拝見という。

私は帽子を手に持って、ドームに入る。するとすぐに、弱々しく照らされた巨大な丸天井から、私のほうに向かって期待にあふれた神聖な空気が吹きよせてくる。小さな吊りランプが円柱と簇柱(ぞくちゅう1)に沿って、ほのかな光線を上方に送っている。その光線は灰色の石の壁の中に消え、はるか上方で温かそうにやわらかに丸天井に染みこんでいる。数列のベンチには人がぎっしりすわっている。それでも会堂と内陣はほとんど空である。私はこの荘厳な会堂の中をつま先立ちでそっと歩いて行く。——それでもなお私の足どりはかすかな響きをあとに残す。暗い内陣には、背もたれに彫刻のある、古いどっしりした木のベンチが何列も私を待ち受けている。私はひとつの座席を背もたれから外して下ろす。その木材の響きが石造りの建物の上のほうで鈍く反響する。満足して、私は幅の広い奥行きの深い椅子に身体を埋(うず)める。プログラムを取り出す。が、暗すぎて読むことができない。思い出そうとしたが、どうしてもはっきりと思い出せない。死んでしまったフランスの名匠のオルガン曲がひとつ予告されていた。そして古いイタリアのヴァイオリン・ソナタだったろうか。作曲者のことなど誰が知ろう。もしかすると、ヴェラチーニ[2]のものか、ナルディーニ[3]のものか、タルティーニ[4]のものだったか、そのあとがバッハの前奏曲とフーガだった。

二、三の黒い人影がこの内陣の中に忍び込んでくる。それぞれが他の者から離れて席を取って、古い座席に身を埋める。誰かが本を一冊落とした。私のうしろの席で二人の少女のささやく声が聞こえる。さあ、静粛に、静粛に。遠くの照らされた内陣の仕切りの上の二つの丸いランプと、冷ややかに輝く高いオルガンのパイプの前にひとりの男性が立つ。彼は合図をして、腰を下ろす。期待にあふれた息吹がこの少ない聴衆の中を吹き抜ける。私は演奏者のほうを見たくない。私は背もたれにもたれて丸天井を見上げる。そして、黙示的な教会の空気を呼吸する。私は思う。いったいどうして人びとは日曜日ごとに、それも明るい昼日なかに、この神聖な場所に身体を寄せ合ってすわり、説教を聞くことができるのだろう。その説教がどんなにすばらしくて思慮深いものであっても、この天井の高い聖堂の中では、ただ味気なく響くだけで、失望させられるだろうにと。

そのとき、高い、力強いオルガンの音が響く。それは高まり、ふくらみながらこの巨大な空間を満たす。それは、それ自体ひとつの空間となり、私たちをすっぽりと包む。その音は高まりつづけ、ある高さのところにとどまって鳴りつづける。そして他のいくつかの音が、その音に伴奏する。そして突如、これらすべての音は大急ぎで飛び去りつつ、深みに落ちてゆき、ゆっくりと低くなり、神への畏怖を表す音となり、それらの音はまた互いに逆らいあい、それから制御しあって、調和し、なごやかなバスとなって鳴り響く。そして今、それらは沈黙する。ひとつの休止が、雷雨の前の息吹のようにホールを吹き抜ける。

そして今、ふたたび始まる。力強い音が、低音でおごそかな激しい勢いで鳴り響きはじめる。断固とした調子で、急速に、強く高くなってゆく。突如、痛切に悲嘆の叫びを神に向ける。もう一度もっと切実に、もっと高い声で叫び、それから沈黙する。そして、またもや音は響きはじめる。ふたたびこの大胆な、はるか昔に亡くなった名匠は、神に向かって大音声を上げて叫び、嘆き訴え、そして大声で呼びかけ、嵐のようなメロディーで、彼の歌を心ゆくまで慟哭する。畏怖に満ちた荘厳な合唱聖歌で神をたたえ、黄金の穹窿（そうきゅう）を高い薄闇の中に張り渡す。音響の円柱と鳴り響く簇柱を高々と築き、神を祀（まつ）る大聖堂を建立（こんりゅう）し、それ以上音を変化させず、動かさずに鳴り響かせた。そして大聖堂はもう音が響き止んだあともまだ立ちつづけ、そして安らい、そして私たちみんなを包んでいる。

私はこう思わずにはいられない。それにしても私たちは、なんと情けないほどこせこせとした、ひどい生活をしているのだろう！　私たちの誰がいったい、この名匠のように、このような神に対する非難と感謝の叫びをもって、深い思想をもった人間のかくも反抗的な偉大さをもって、神の前にそして運命の前に歩み出る勇気をもてるだろうか？　ああ、もっと違った生き方をするべきなのだ。違った人間にならなければならない。もっと空の下で、そして木々の下で、今よりもずっと孤独に、そして美と偉大なものの秘密にもっと近いところで生きなければならない、と。

オルガンの音はふたたび鳴りはじめた。低く静かにひとつの長いおだやかな和音が響く。そしてその音の上を、ひとつのヴァイオリンのメロディーが、空中にすばらしく積み重ねられた階段を登って、ほんの少し嘆きながら、ほんの少し問いかけながら、けれど、秘めやかな至福の思いと秘密に満たされて、うたいつつ、漂いつつ、若い美しい乙女の歩みのように、美しく、軽やかに登ってゆく。このメロディーはくりかえされ、変化し、変調され、それと同系の音の形に、そして何百ものデリケートなたわむれるようなアラベスクに移ってゆき、この上もなく狭い小道を曲がりくねって進み、そしてその小道から出て自由になり、清められておだやかになって、澄んだ感情をとりもどす。

ここには荘厳さがない。ここには叫びもなく、苦悩の深みも、荘重な畏怖もない。ここには満足した、楽しんでいる魂の美しさ以外に何もない。この曲は、この世が美しく、神の与えた秩序と調和に満ちあふれているということのほかには何も私たちに告げようとしていない。ああ、このようなメッセージを私たちはめったに聞けない。それなのに、このよろこばしいメッセージほど聞く必要のあるものはほかにない！

この大きな会堂の中のたくさんの顔がいま微笑んでいる様子が、よろこびに満ちて晴れやかに微笑んでいる様子が、見なくとも感じられる。そしてかなりの人が、この古い、素朴な音楽を少々無邪気で古風であると思うかもしれないが、それでも満足して微笑み、この単純で澄んだ流れの中でともに泳ぎ、この流れについて泳いでゆくことに無上のよろこびを味わっているのである。その余韻は中休みでも感じられる。低いざわめき、つまり、ささやき声やベンチですわりなおす音がよろこばしく、快活に響く。

私たちはよろこびを味わい、のびのびとした気持ちで新しい華麗な音楽を待ちうける。そしてそれはやってくる。荘重で悠然としたものごしで巨匠バッハは彼の神殿に入り、感謝の気持ちを込めて神にあいさつし、礼拝の姿勢から身を起こし、敬虔な気分を、祝祭日の気分に対するよろこびを、讃美歌をうたって表現しはじめる。けれど彼はそれを始めるとすぐに、そして少しコーラスのテーマを展開させるとすぐに、彼の和声を大急ぎで低く低く下げてゆく。多様なメロディーを組み合わせ、和声を組み合わせて、ダイナミックな混声合唱をつくりあげる。そして神が眠りについて、神の支配権の象徴である杖とマントをバッハにゆだねてしまったかのように、柱を立て、天井を柱に乗せ、円屋根を造り、教会の上だけでなく、それよりはるかに高く、崇高で完璧な音楽の体系で満ちあふれたひとつの宇宙をつくりあげてしまった。

彼は雷雲の中で雷鳴をとどろかせる。それから、ふたたび雲ひとつない晴れやかな光に満ちた世界を展開してみせる。彼は凱歌をあげながら惑星や恒星を率いて天にのぼる。彼は白昼にはのんびりと休み、そしてほどよい時に涼しい夕方のにわか雨を呼びおこす。そして彼は、彼の音楽を沈んでゆく太陽のように、華やかにおごそかに終わらせる。そして、音楽が鳴りやんだあとに、光輝と魂に満ちあふれた世界を残してゆく。

静かに私は天井の高い会堂を出て、小さな、眠ったような広場を横切り、川の上に高くかかった橋をゆっくりと渡り、両側に街灯の立ち並ぶ道を通って町から出て行く。雨はやんでいた。この地方全体をおおっている巨大な雲の奥に、いくつかの裂け目があって、そこに月光と美しい晴れた夜空が予感される。町は消え去り、私の行く野道のほとりの槲(かしわ)の並木はおだやかな涼しい風にざわめく。私はゆっくりと最後の坂道を登ってゆき、眠ったようなわが家に入る。窓越しに楡(にれ)の木が私に語りかける。これで私はよろこんで眠りにつこう。そしてまた、しばらくのあいだ生きることを試み、人生の思うがままにもてあそばれてみよう。

(一九一三年)

1　簇柱＝細い柱が何本も集まって形成する一本の太い柱。ゴシック建築用語。

2　ヴェラチーニ＝フランチェスコ・マリア・ヴェラチーニ（一六九〇―一七六八）。イタリアのヴァイオリン演奏家、作曲家。

3　ナルディーニ＝ピエトロ・ナルディーニ（一七二二―九三）。イタリアのヴァイオリン演奏家、作曲家。

4　タルティーニ＝ジュゼッペ・タルティーニ（一六九二―一七七〇）。イタリアのヴァイオリン演奏家、作曲家。ナルディーニの師匠。

運命の日々

毎朝空が白み
世界が冷ややかに敵意を込めて見つめるたびに
おまえの信頼はただおまえ自身だけに
向けられねばならぬことを知る

けれどなじんでいたよろこびの土地から
おまえ自身の中に追放されて
おまえは知る　おまえの信仰が
新しい楽園に向けられていることを

おまえになじみなく敵と見えたものが
おまえ固有のものであることをおまえは知る
そしておまえはおまえの運命に
新たな名をつけ　それを甘受する

おまえを押し潰そうとしたものが
おまえに好意をみせ　精気を放つ
それは案内者であり使者であり
おまえを高く　より高く導いてくれる

（一九一八年）

都市

昨日敷設されたばかりの路線を走って、早くも二番目の列車が人間や石炭や道具や食料品を満載して到着したとき、技師は「どんどん進め！」と叫んだ。大草原は黄色い太陽の光を浴びて静かに熱く輝いていた。地平線には森林におおわれた高い山々が靄につつまれて青くかすんでいた。野犬や、びっくりした野牛は、こんなへんぴな場所に人間の作業と雑踏が始まり、緑の野に石炭や灰や紙やブリキの汚点ができるのを眺めていた。

最初のカンナの音がけたたましく鳴り響いてこの土地を驚かした。最初の銃声がとどろいて、山々にこだまして消えていった。最初の鉄床（かなどこ）を連打するすばやいハンマーのさえた響きが聞こえはじめた。ブリキ造りの家が一軒できあがった。翌日には木造の家が一軒でき、それからほかの家々ができ、こうして毎日新しい木造の家ができ、まもなく石造りの家もできた。野犬や野牛は遠ざかっていった。この地方は開拓されて、作物が実るようになった。最初の春にはもう、平原には緑の農作物があふれて風になびき、そのあいだに農家や家畜小屋や納屋が並び立ち、道路が原野を縦横に貫いた。

駅ができあがって、落成式が行われた。市庁舎ができ、銀行ができた。数カ月もたたぬうちに、その近辺にいくつもの姉妹都市ができあがった。世界じゅうから労働者が来た。農民や都市の住民が、商人や弁護士が、説教師や教師がやってきた。学校が一つ、宗教団体が三つ、新聞社が二つできた。西方にいくつも石油源が発見され、若い都市に大きな繁栄をもたらした。

さらに一年たつと、もうスリやヒモや強盗がおり、百貨店ができ、禁酒同盟ができ、パリモードの仕立屋が一軒、バイエルン風のビアホールができていた。隣接する都市との競争のおかげで、ますます急速に繁栄するようになった。選挙演説からストライキにいたるまで、映画館から霊媒クラブにいたるまで、もはやないものはひとつもなかった。フランスのワインも、ノルウェーのニシンやイタリアのソーセージも、イギリス製の服地も、ロシアのキャビアも町で買うことができた。二流の歌手やダンサーやミュージシャンが客演旅行でこの土地にやってきた。

しだいに文化も形成された。はじめはひとつの新興都市にすぎなかったこの町は、多くの人びとの故郷になりはじめた。ここには一種独特のあいさつしあう作法が、出会ったときの会釈の作法があって、それはほかの町での作法とはわずかではあるが、はっきりと区別された。この町の創設に加わった男たちは尊敬され、人気があった。彼らはどことなく貴族的な雰囲気を漂わせていた。若い世代が成長してきた。この世代の人びとには、この町は、ほとんど永遠の昔にできあがった故郷のように思われた。ここで最初のハンマーの音が響き、最初の殺人が行われ、最初のミサがあげられ、最初の新聞が印刷された時代は、はるか昔のものとなって、もう歴史になってしまった。

この町は近隣の町々を支配する都市となり、大きな地区の首府に昇格した。広い、にぎやかな通りには、かつては灰の山や水たまりのあいだに、板とナマコ板でできた最初の小屋が立っていたのだが、今は官庁や銀行、劇場や教会などがいかめしく堂々と立ち並んでいた。学生たちはのんびりと大学や図書館へ歩いて行き、病人運搬車は静かに病院へ走った。代議士の乗った車に気づくと、人びとはあいさつをした。石と鉄でできた二十の大きな学校では、毎年、この誉れ高い町の創設記念日が歌と講演で祝われた。以前の大草原は畑地や工場や村落でうずまり、二十の鉄道路線が走っていた。山地もこの都市に近くなり、登山鉄道によって峡谷の奥まで開発された。その山岳地帯か、あるいは町から遠く離れた海辺に、裕福な人たちは夏の別荘を持った。

この町が創設されて百年たったとき、地震がこの町の大部分を、わずかな部分だけ残して崩壊させてしまった。都市は新たに立ち直り、木造の建物はすべて石造りになり、小さいものはすべて大きく、狭いものはすべて広くなった。駅はこの国で最大のものとなり、証券取引所は全大陸を通じて最大のものとなった。建築家と芸術家たちは、この若返った町を、公共の建物や、公園や、噴水や、記念碑で飾った。この新しい世紀のあいだに、この町は、この国で最も美しく、最もゆたかな都市で、名所であるという名声を獲得した。他の都市の政治家や建築家、技術者や市長などが、この有名な町の建築物や水道や行政機関やその他の施設を研究するために旅行してきた。そのころ、新しい市会議事堂の造営が始まった。これは世界で最も大きい、最も壮麗な建物の一つであった。

そしてこの町が富裕になり、誇りをもちはじめた時期に、幸運にも一般的な趣味、とりわけ建築術や彫刻の趣味が向上したので、急成長をとげつつある都市は、威勢のよい、見る者の心にかなう、すばらしい作品となった。中心地区の建物は、例外なく灰白色の高級な石材でできていた。その地区を、みごとな公園風の並木通りの広い緑の帯が取り巻いていた。そしてこの環状路の外側では、街路や家並みが遠くまで広がって、徐々に草原と畑地の中に消えていた。

多くの人びとが巨大な博物館を訪れ、讃嘆した。そこには何百もの広間や中庭やホールに、町の歴史がその成立から最近の発展にいたるまで展示されていた。この博物館の入り口にある巨大な前庭は、昔の大草原を表しており、手入れのゆきとどいた植物や動物と、最初期のみすぼらしい住居や小路やさまざまな施設の詳細な模型が展示されていた。そこをこの都市の青少年たちは散策して、テントや板張りの小屋から、最初のでこぼこの線路から、大都会の壮麗な街路になるまでの、この町の歴史の歩みを観察するのであった。そして彼らは先生に案内され、教えられて、粗野なものが洗練されたものになり、動物から人間になり、野蛮な者が教養ある者となり、困窮から贅沢が生じ、自然から文化が生じるまでの、発展と進歩のみごとな法則を学ぶのであった。

これに続く一世紀のあいだに、この都市はゆたかな豪華さの中に発展し、急速に上昇をとげて、その輝かしい名声は絶頂に達したが、ついに下層階級の流血の革命がそれに終止符を打つことになった。暴徒は、町から数マイル離れたところにある、たくさんの大きな石油工場に火を放ちはじめたので、その地方の大部分が工場や屋敷や農村とともに焼失するか、荒廃に帰した。この都市自身、あらゆる種類の殺戮と惨禍にさらされたが、なんとか持ちこたえ、謙虚に努力を続けて数十年間に徐々に回復した。

けれども、以前の活気ある生活と建設景気をふたたびとりもどすことはできなかった。この町が不運に見舞われているあいだに、海のかなたの遠い国が突然繁栄しはじめて、まだ活発な生産力をもつ、ゆたかで疲弊していない土壌から、穀物や鉄や銀やその他の地下資源を産出した。この新しい国は、古い世界の使われていない労働力や意欲や願望を強引に引き寄せた。そこではたくさんの都市が一夜のうちに大地から咲き出して、森林は消えてしまい、滝は人工的に調節されていた。

あの美しい都会はしだいに落ちぶれはじめた。もはや世界の心臓でも頭脳でもなくなり、多くの国々の市場や取引所でもなくなった。なんとか生き延びて、新時代の喧噪の中で完全に影がうすれてしまわないだけで満足しなくてはならなかった。この町で仕事のない人は、遠い新世界へ向かって旅立ってしまわないかぎり、この町ではもう建設の仕事も、開拓の仕事もなく、商売をしてお金を稼いだりすることもほとんどできなかった。

そのかわりに、今では古い伝統をもつ文化の土壌に、精神的な生命が芽生えた。この静かになってゆく都会から、学者や芸術家、画家や詩人が生まれたのである。かつて若々しい土地に最初の家を建てた人びとの子孫は、微笑みをたたえて、精神的な楽しみと努力の静かな遅咲きの開花の中で日を送った。彼らは、風化してゆく立像や緑色の水をたたえた池のある古い苔むした庭の、もの悲しい華やかさを描いた。そして古い英雄時代の遠い戦乱や、古い豪華な邸宅に住むという生き方に倦み疲れた人びとの静かな夢について、繊細な詩にうたった。

これによってこの都市の名と輝かしい名声は、もう一度世界じゅうに鳴り響いた。外では諸国民が戦争に揺すぶられようと、偉大な仕事に忙殺されようと、ここでは、世の喧噪を離れて静まりかえったこの都市は平和であり、はるか昔の輝きがかすかに余光を放っていることを人びとは知っていた。花盛りの枝がおおいかぶさった静かな街路、騒音の絶えた広場を見下ろす大きな建物の正面の、風雨に色あせた壁が夢見ながらまどろみ、苔むした噴水の水盤には、たわむれる水がかすかな音楽を奏でながらあふれていた。

この夢見る古い都市は、幾世紀ものあいだ、若い世代に尊敬され愛された土地で、詩人にうたわれ、恋人たちが訪れた。けれど、時代の趨勢はますます激しい勢いで他の大陸へ押し寄せた。そしてこの都市自体でも、古い土着の子孫は死に絶えるか、落ちぶれはじめた。最後の精神の繁栄した時代とその成果もとうの昔に終わりを告げていた。そして、残っているのは朽ちてゆく組織ばかりだった。近隣の群小都市はもうずっと前にすっかり消え失せてしまい、ときおり外国の画家や旅行者が訪れたり、ジプシーや逃走した犯罪者が住む静かな廃墟の町と化してしまった。

ある地震の後、この都市そのものは被害を免れたが、川の流れが移動して、荒れはてた土地の一部は沼沢地となり、ほかの一部は乾燥して不毛の土地になってしまった。山地ではひじょうに古い石橋や別荘の残骸が崩れて散らばっていたが、その山地から森林が、あの古い森がまたゆっくりと下に広がってきた。森は、広い地方が荒れ地になっている地域を、ゆっくりと少しずつ緑の領域の中へ取り込み、こちらでは沼沢地の上を風にそよぐ緑でおおい、あちらでは石の河原を若い強靱な針葉樹林でおおった。

ついにこの町には市民はいなくなり、住んでいるのは放浪者やアウトローだけになった。彼らは、傾いて崩れかかった昔の豪華な邸宅を宿にして、かつての庭園と道路だったところに痩せたヤギを飼っていた。この最後の住民もしだいに病気や精神障害などのために死に絶えてしまい、この地方全体が沼沢化して以来、熱病に襲われ、荒廃してしまった。

昔はその時代の誇りであった古い市庁舎の残骸がいぜんとして高く堂々とそびえ、あらゆる国の言葉にうたわれ、近隣諸国家の無数の伝説のみなもととなっていたが、その近隣諸国の都市もとうの昔に落ちぶれて、その文化は衰退していた。この古い都市の呼び名と昔の栄華は、子供たちの怪談や牧童の憂いのこもった歌に、醜く、歪められて、亡霊のように現れていた。そして今、繁栄期を迎えている遠い国の学者たちが、ときどきこの廃墟の都市に危険な旅をしてやってきた。遠い国の学校の生徒たちは、この廃墟の都市のさまざまな秘密について熱心に語り合った。あそこには、純金造りの門や宝石のいっぱい詰まった墓があるそうだとか、あの地方の野蛮な遊牧民は、古い伝説の時代から伝わって今では消滅してしまった千年も前の魔術の名残を伝えているそうだとかいうふうに。

ところで森は、山から平野のほうへどんどん広がってきて、湖や川が生まれては消えたが、森は広がりつづけ、徐々に、街路の石塀や、大邸宅や、神殿や、博物館などの廃墟を襲って、国全体をおおいつくしてしまった。そして、その荒れ地にはキツネ、テン、オオカミ、クマなどが棲みついた。

倒壊した大邸宅の石材はもうひとつも現れていなかったけれど、その上に一本の若い松の木が生えていた。この木は、一年前には広がってくる森の一番先頭の使者であり、先駆けであった。その木が今ではもうずっと先へ進んだ森の先頭の若木を眺めていた。

「どんどん進め！」と、幹をつついていた一羽のキツツキが叫んだ。そして広がってゆく森と地上がすばらしい緑につつまれてゆく様子を満足そうに眺めた。

（一九一〇年）

つながり

遠い昔に滅び去った民族たちの歌謡から
私たちの歌と深いつながりをもつ調べが響くことがある
私たちは心打たれ　なかばせつない気持ちで耳をすます
あそこがふるさとではないのかと

そのように私たちの心臓のリズムも
世界の心臓と固い絆で結ばれており
その心臓が私たちの眠りと目覚めを
太陽と星の運行に同調させている

私たちのこの上なく放縦な願いの暗い波浪と
私たちのこの上なく大胆な夢想の熱っぽい激情は
永遠に活動してやまぬ原精神の精気だ

それゆえ私たちは私たちの松明（たいまつ）を手に
太古の神聖な情熱によって生み出され養われて
永遠に新しい太陽に向かってゆく

（一九一二年）

おまえはほんとうに幸せか?

「おまえはほんとうに幸せか?」という問いが、私の心に突然シャボン玉のようにふくらんだ。そうだ、もちろんだ。だが、ちょっと待て、——いや、ほんとうにそんなに幸せなのだろうか——そうではない。けれど、私はまずよく考えてみなければならない。

そして私は考えているうちに、私たちは幸福というものを問題にしてはいけないのだということに気がつく。幸福などもちろん何ものでもない。ひとつの言葉、無意味な言葉なのだ。ほかのことのほうが大切なのだ。よく考えているうちに、この問いは変わってしまう。そして突然私は、私の最もうれしい日はいつだったのか、最も幸せな時はいつだったのか知りたくなる。

私の一番うれしい日だって! 笑止千万だ。私の記憶の中で、けっこうな、本物の、すばらしい瞬間が書きとめられているところには、このような瞬間は十も百も、百よりもはるかにたくさん目白押しに並んでいて、どれも申し分がなく、曇りのないよろこびにあふれており、どれもほかの瞬間と同じように美しく、どれひとつとしてほかのものと同じものはない…

思い出せば果てしがない。どんなに多くの太陽が私を焦がしてくれたか、どんなにたくさんの川や大河が私の身体を冷やしてくれたか、どんなに多くの道が私を運び、小川が私とともに遊んでくれたか！　青い空や、忘れがたいほど生き生きとして好ましい人間の眼を、私はどれほどのぞきこんだことか、どんなにたくさんの動物を愛し、誘い寄せたか！　これらの瞬間はどれも、他の瞬間よりすばらしい。そして私が、このワインの杯をゆっくり飲み干し、音楽に聞き入り、そして好ましい思い出にひたっているこの現在の瞬間、この現在のひとときも、決して悪くはない。

おお、そうではない！　私は夢想しつづける。すると、見よ、体験の海の中から別の情景が浮かび上がってくるではないか。――苦しみの時が、悲しみの日々が、屈辱と後悔の日々が、敗北の瞬間、死を間近に感じた瞬間、恐ろしい瞬間が。忘れられない初恋が欺かれ、苦悶しながら死のうとしたあの日を、ふたたびありありと思い出す。ひとりの使いの人が来て、あいさつをし、お金を要求し、遠いふるさとで母が死んだという知らせを置いていった日を思い出す。若いころの友が、酔っ払って私を罵倒したあの夜を思い出す。私のファイルに詩と熱意のこもった論文があふれるほどつまっているのに、パンを一個買う数ペニヒをどうして手に入れたらよいかわからなかった日々を。私の愛する友人たちが苦しみ、絶望しているのを見ながら、そのかたわらに立って、自分も苦しみ、友を助けることも慰めることも、その苦しみを和らげることもできなかった多くの時期を。

そして金持ちで、私の生殺与奪の権を握っていた人びとの前に立って、彼らの侮蔑の言葉を聞き、震えながら握りしめた拳を隠さなければならなかったいくつもの瞬間を。上着の、ぶざまに繕われた箇所をずっと手で隠しつづけていたパーティーを。眠れずに横たわり、この生活を何のために続けてゆくのかわからなくなったすべての夜を。そして、心の中でみじめで悲しい思いをしながら、飲み屋のテーブルでみんなといっしょに笑い、おどけて陽気なふりをしたあのすべての夜を。かなう望みのない恋をした時期を、またもや始めた仕事に失敗し、理想を見失い、試みも挫折したとき、神への信仰をなくし、自分自身を嘲った時期を。

これも果てしがない！　しかしこれらのひとときのどれを捨ててしまい、どれを消してしまい、忘れてしまいたいと思うだろうか？　どれも、どれひとつとして、一番つらい瞬間さえ忘れたくない。

…私は今このひとときに私に訪れた何百もの思い出を夢想しながら、ざっと眺めてみる。こんなにたくさんの日々、とてもたくさんの夕べを、とてもたくさんのひとときを、とてもたくさんの夜を――そしてそれら全部をいっしょにしても、私の生涯の十分の一にも達しないのである。ほかのものはどこへ行ったのだろう？　私がひとつも思い出さず、決して目を覚まして私を見つめることのないあの何千もの日、何千もの夕べ、何百万もの瞬間は？　やってきては通り過ぎ、消えてしまって、取り戻すことができないのだ！

そして今日の夕べは？　この夕べはどこへ行ってしまうのだろう？　この夕べは、いつか一度目を覚まし、私の心にはっきりとよみがえり、大声で切々と、「過ぎてしまったあのときを思い出せ」と呼びかけることがあるのだろうか？　そうは思わない。この瞬間は、明日か明後日には過去のものとなり、死んでしまって、決して戻ってくることはないのだと私は思う。そして私が今日何も仕事をせず、努力をせず、ほんのわずかにせよ仕事をして何かをなしとげることがなかったなら、この一日はすべて、この今日という日は明日か明後日には救うすべもなく底なしの深淵に沈み、何ひとつとして私の心に残らない、たくさんの葬られてしまった日々の仲間入りをするのだ。魔神が運命を操っているために、一方的な激しい情熱にかられて、盲目に、烈火のように燃えあがりながら決して休むことなく、人生を驀進する性格に生まれついている人はべつとして、誰でも早いうちに、あらゆる技術のうちの最高の技芸である追憶の技術を磨くことはよいことだろう。物ごとを楽しみ味わう能力と、追憶の能力とは表裏一体をなすものだ。楽しむということは、ひとつの果実から、その甘美な汁をあますところなく絞りつくすようなものだ。そして回想とは、一度楽しんだことがらを保存するだけでなく、それを回想するたびにますます純粋な形に練りあげることを意味する。私たちはみな、そういうことを無意識のうちにやっているのだ。子供の頃のことを思い出すとき、私たちは、混乱した、たくさんのささいな事件を思い浮かべるのではない。幻影となってしまった子供の頃の思い出が、私たちの頭上に、私たちをこの上もなく幸せな思いで満たす青空を広げ、無数の美しい事物の追想を混合して、言葉では言いつくせないよろこびを私たちに与えるのだ。

このように回想は、遠く過ぎ去った日々のよろこびをふたたび味わわせてくれるだけでなく、どの日をも幸福の象徴に、私たちのあこがれの目標に、そして楽園にまで高めることによって、くりかえし新たに楽しみ味わうことを教えてくれるのだ。回想が、どんなに多くの生のよろこびや、ほのぼのとする思いや、輝かしい感情を、短い時間に一挙に詰め込むことができるかを知った人は、これからは毎日の新しいさまざまな賜物をできるだけ純粋に受け取りたいと思うようになるだろう。そして彼は、苦しみにもずっとうまく対処できるようになるだろう。彼はひとつの大きな苦しみを楽しみとまったく同じように純粋に、そして真剣に味わうことを試みるだろう。暗い日々の思い出もまた、美しく神聖な財産のひとつであることを知っているからだ。

（一九〇四年）

幸福

おまえが幸福を追いかけているかぎり
たとえ最も好ましいものを手に入れても
おまえは幸福になれる段階に来ていない

おまえが失ったものを嘆き
いろいろな目標をもち　あくせくしているかぎり
おまえは平和の何たるかを知らないのだ

おまえがすべての望みをあきらめて
もはや目標も欲求も忘れ
幸福という題目を唱えなくなったときはじめて
あふれるほどの出来事ももうおまえの心に届かず
おまえの魂は安らぐのだ

（一九〇七年）

＊

いのちというものは、無意味な、厳しい、味気ないもので、それにもかかわらず、すばらしいものです。いのちは人間を笑いものにすることはありません（なぜならそこには精神がないからです）が、人間をミミズ以上に気にかけるということもありません。よりにもよって人間は、自然のひとつの気まぐれの所産であり、ひとつの恐ろしいたわむれの産物だという考えは、人間があまりにも自らを重大視しすぎるゆえに、自らでっちあげた思いちがいです。人間は決してどんな小鳥や蟻よりも苦しい生活をしていないこと、むしろ彼らよりも安楽に、快適に暮らしていることを、私たちはまず知らなくてはなりません。

私たちは、生が残酷なもので、死が避けられないものであることを、悲嘆を通してではなく、この絶望的な事実を味わいつくしながら、まず私たちの心に受け入れなくてはなりません。自然の残忍さや無意味さをすべて私たちの心に受け入れたときにはじめて、私たちはこの自然の生の無意味さと対決して、それを力ずくで意義のあるものにすることに着手できるのです。これこそ人間にできることのうちで最も価値のあることであり、人間にできる唯一のことです。そのほかのことは、家畜のほうがずっとうまくやっています。

断章5（一九三一年）

日記の一部

今朝がた、私はとてもたくさんの夢を見たが、その夢についてはっきりしたことはもう覚えていない。ただ、こういうことだけはまだ覚えている。このたくさんの夢の中での体験と想念が、二つの方向に向かっていた。一方は、もっぱら私が味わったあらゆる種類の苦しみと関係があり、それらの苦しみにあふれていた。――もう一方は、この苦しみを完全に理解し、敬虔な気持ちで克服したいというあこがれと努力に満ちていた。

こうして夢の中で、みじめな体験と自省とのあいだを、悲惨な状態とそれを真剣に克服する努力とのあいだを、私の思考と願望と幻想は何時間も走りつづけ、険しい壁に何度となく突きあたって傷つき、悲しいほど疲れはててしまった。この思考や願望や幻想は、ときおり私の身体をもなかば圧迫するような感じがした。つまり、奇妙なほどはっきりとした形と極度に多彩なニュアンスをもった、悲しみや苦痛やあきらめの気持ちが、さまざまな姿形や連想の形をとって五感に感じられたのであった。それと同時に心のもうひとつの層に、もっと大きな、精神的なエネルギーをもつ運動が起こった。それは、「忍耐せよ、闘え、終わりのないこの道を前進せよ」という警告であった。一方でため息をつくと、他方で大胆な歩みがそれに応えるというわけである。一方で起こった苦痛の感情は、他方では、警告、激励、自省という形の答えを見いだすのである。

このような体験に執着し、自分の魂の深淵と峡谷の上に身をかがめて耳をすますことにそもそも何らかの意義があるとすれば、ただ私たちが私たちの魂の動きにできるだけ忠実に精確に――言葉が届くよりもはるか遠くまで、そしてはるかに深いところまでつき従ってゆく試みをする場合にのみ、その意義は見いだされるのである。この試みの過程を書きとめようとする者は、ほんの少し習いおぼえたばかりの外国語で、デリケートでむずかしい個人的なことがらを話すときに味わうような思いをするのである。

夢の中での私の状況と体験の世界は、すなわち次のようなものであった。片や私はひどい苦しみをし、片や私はこの苦しみを克服しよう、運命に完全に従おうと意識して努力したのであった。ほぼこのように私の意識は、というよりは私の意識の中の第一声は判断を下したのであった。第一の声よりもずっと小さいけれど、ずっと低く、ずっと余韻のある第二の声は、この情勢を第一の声とは違うふうに表現した。この第二の声（それを私は第一の声と同じように眠りと夢の中で、遠くからではあるものの、はっきりと聞いた）は、苦しみを不当なもの、苦しみを完全に克服するために心から力いっぱい努力することを正当と見なしたのではなく、両者を正当であると同時に不当であると判断したのであった。この第二の声は苦しみの甘美さについてうたった。それは、苦しみが避けられぬものであることをうたっていた。その声は、苦しみの克服とか除去については何も知ろうとせず、苦しみの深化と強化について知ろうとした。

第一の声は、大まかに翻訳してみると、こんなふうに言った。「苦しみは苦しみである。苦しみを変えようとすることは、無意味である。それはつらい思いをさせる。それは苦痛を与える。苦しみを克服できるいろいろな力がある。それゆえそれらの力を探し求めよ。それらを養い育て、それらを鍛え、その力で武装せよ！　おまえが永遠に苦しみに苦しみつづけるつもりであるなら、おまえはばかで弱虫だ」

ところが第二の声は、おおまかに言い換えてみると、こんなふうに言った。「苦しみがおまえに苦しい思いをさせるのは、ただおまえが苦しむことを恐れるためなのだ。苦しみがおまえをいためつけるのは、ただおまえが苦しみを不当なものとして非難するためなのだ。苦しみがおまえを追いかけるのは、おまえが苦しみから逃げるためなのだ。おまえは逃げてはいけない。おまえは苦しみを咎めてはならない。恐れてはならない。おまえは苦しみを愛さなくてはならない。このことをすべて、おまえはもちろん自分でよく知っているのだ。苦しみに対してはただ唯一の魔術、ただ唯一の力、ただ唯一の救済と唯一の幸せがあることを、そしてそれが苦しみを愛することであることを、おまえは心の奥底でまったくよく知っているのだ。

それゆえ苦しみを愛せ！　苦しみに抵抗するな、苦しみから逃げるな！　苦しみがその本質においてどんなに甘美なものであるか味わうがよい。苦しみに身をゆだねよ、苦しみを嫌悪の気持ちで迎えてはならぬ！　ただおまえの嫌悪の気持ちだけがおまえに苦痛を与えるのだ。それ以外には、おまえに痛みを与えるものはない。苦しみは苦しみではない、死は死ではない、おまえが苦しみを苦しみと考え、死を死と考えさえしなければ！

おまえが苦しみの声に耳を傾けるならば――苦しみの声はこの上もなくすばらしい音楽となる。それなのにおまえは、その苦しみという音楽に決して耳を傾けようとしないではないか。おまえはいつも自分でつくって自分で聴きたいと思っている音楽と調べに執着し、それればかり聴いている。ところがその音楽は、苦しみの音楽とは調和しないのだ。私の言うことを聞け。そして覚えておけ、苦しみなどは存在しない。苦しみは幻想だ。おまえが自分でそれを作り出しているだけだ。おまえが自分で自分を苦しめているだけなのだ！」

　こうして苦しみと、苦しみから解放されることを求める意志そのものとが衝突しあっていると同時に、これら二つの声もまた、たえず衝突しあい、摩擦をくりかえしていた。私の意識に近いほうの第一の声には、私が賛成し、それを正当と考えるに値する根拠がたくさんあった。

　その第一の声は無意識という朦朧（もうろう）とした領域とは違って、明確な領域を表していた。この声の側には、思想界の権威者たちがいた。モーゼと預言者たちであった。父母であり、学校であった。カントとフィヒテ[1]であった。第二の声は、無意識の領域から、苦しみそのものの中から響いてくるように、第一の声よりもずっと遠くから響いてきた。それは苦悩という混沌とした海の中に乾いた島をつくりあげるようなものではなかった。それは暗闇の中に光明を灯すようなものではなかった。その声は、それ自体が暗く、それ自体が万物の根源だった。

　今となっては、この二つの声の協奏曲がどのように進行したかを描写することはできない。しかしあえて書けば、最初の二つの声は両方とも分裂し、そしてその結果、新しく派生した声もまたそれぞれに分裂したが、その際、ただ澄んだ声と濁った声、高い声と低い声、男声と女声など、ふつうにあるような対蹠的な性質の声でできた二つのコーラスができあがったのではなかった。そうではないのである。そうではなくて、新しい声はどれも最初の二つの声の性質を一部含んでいたのである。どれも混沌から生じる響きと、混沌を整理する意志から生じる響きをもっていた。

この二つの声から新しくできた混声合唱はそれぞれ昼と夜を、男声と女声をあわせもっていたのである。もとの声から分裂して生まれたように思われる声は、どの場合も母親にあたるもとの声とは反対の基調をもっていた。あの混沌とした響きをもつ母声から生まれた新しい声はどんどん男声的になり、澄んだ声になって、混沌を整理しようとする意欲をもつ響きを増し、そして男声的な基声から生まれた声は女声的な響きを増した。しかしどの声も、両方の基声が混じり合ったものであった。

こうして多種多様な声でできた音楽ができあがり、それは何百万もの可能性を具有する世界全体がそっくり内在するように思われた。それらはみな互いにバランスを保っていた。たえまなく鈍い苦痛を感じている世界全体が、私の夢を見ている魂の中に映し出されているように思われた。私の魂に映る世界は、力強く活発に進行していた。けれど、その過程でたくさんの軋轢や抵抗やつらい障害に出会った。世界は回転していた。世界は美しく情熱的に回転していた。けれど地軸はきしみ、くすぶっていた。すでに書いたように、私が夢見たものについて、私はもう何も覚えていない。声の楽譜は消えてしまった。ただ音調と声の変化記号はまだ私の心に書きとめられている。私が知っていることはただ、私がたくさんのつらいことを経験し、そして新たに苦痛を感じるたびごとに新たにこの苦痛から解放され、救われたいという切実な思いが燃えあがることであった。こんなふうに、夢は際限なく続いた。つまり、苦痛から逃れようとする衝動と、苦痛を甘受しようという意志とが、混沌を整頓しようとする意志と、そのまま受け入れようとする気持ちとが、苦しみに抵抗する行為と、苦しみを受け入れる行為とが鎖のようにつながって、果てしなく続くのであった。

こうして夢を見ているあいだ、私は気分が悪かった。全体としてはよろこびよりも苦痛を味わった。そして、この夢のさまざまな状況が身体の感覚に現れたものは、苦痛そのものであった。つまり私は、頭痛やめまいや不安を感じたのである。

夢の中で起こったことは、さまざまであった。そして、新しい体験や苦しみが現れるたびに、ひとつの新しい声がそれに応じた。苦しみが襲うたびに、それにひとつの心の中の警告が続いた。さまざまな模範となる人物が現れた。その中でもとりわけ『カラマーゾフの兄弟』の長老ゾスィマが、手本として、教師として登場するのを見た。

しかしあの永遠に、そしてくりかえし新しい形をとって現れる母声的な声は、手本が登場するたびにそれに反対するのであった。というよりは、その声は反対したのではなくて、ある貴重な存在が私に背を向けるかのように、あるいは私の考えを否定して、無言で頭を振るかのように思われたのである。

「何も手本にするな！」とその声は言っているように思われた。「手本などというものは存在しないものであり、おまえがただ勝手につくりあげて、自分で思い込んでいるにすぎないものだ。手本などを見習おうとすることは、衒（てら）いである。正しい生き方はひとりでにわかってくるものである。ただ苦しめ、わが子よ、ただ苦しむがよい。そして、この杯を飲み干すのだ。おまえが回避しようとすればするほど、苦しみという飲み物の味は苦くなるばかりなのだ。運命というものを、臆病者は毒のように、あるいは薬のように飲む。おまえはしかし、それをワインと炎を飲むように飲まねばならぬ。そうすればそれは甘美な味がする」

しかし、その味は苦かった。そしてこの長い夜じゅう、世界の車軸はきしみながら、摩擦のためにくすぶりながら、ゆっくりと回転しつづけていた。こちらに盲目の自然が現れると、あちらに眼の見える精神が現れた。――ところが眼の見える精神は始終眼の見えない、死んだ、不毛のものに、つまり道徳や哲学や処世訓に変身するのであった。一方、眼の見えない自然はたえずあちこちでひとつの眼を、ひとつのすばらしい、濡れた、おどおどした、明るい色の魂の眼を開くのであった。こうして、何ももその名称に忠実な姿をとりつづけるものはなかった。どんなものも、その本性を忠実にもちつづけるものはなかった。すべては名称にすぎなかった。すべては「たんなる」存在物であった。そしてこの一切のものの背後で、人生の神聖な意義と天与の使命の秘密が、つねに新たな、どんどん遠ざかってゆく、ますます不安をつのらせる鏡の底へ退いてゆくのであった。このように私の世界は、軸が持ちこたえているかぎり、くすぶりながらまわりつづけることになっていた。

私が目を覚ましたとき、夜はもうほとんど明けてしまっていた。私は時計を見なかった。——時計を見るほど目が覚めていたわけではなかったが、私はしばらくのあいだ眼を開いて、青白い朝の光がマントルピースの上や椅子の上や私の服の上にあたっているのを見た。シャツの袖がひとつ、少しねじれてだらりと垂れ下がり、そして何かのものの形をそれから連想して遊ぶようにと私を誘った。——薄明ほど私たちの魂を創造的にし活発にするものはこの世にない。薄暗がりの輪郭のぼやけた白色の斑点、霧のような灰色の下地に灰色と黒の影の織りなす消えかかったような模様などが、私たちの創造を刺激するのである。

けれど私は、ぶら下がった白い斑点から、漂い浮かぶ踊り子たちとか、運行する銀河とか、雪の峰とか、聖者の立像などをつくりあげるようにという誘いには従わなかった。私はこの長く続いた夢にまだ金縛りになって、横になっていた。そして私の意識は、私が目が覚めていて、朝が近づいていること、頭が痛むこと、そしてもう一度眠れるようにと望んでいることを確認しただけであった。雨はおだやかに屋根と窓の下枠をたたいていた。悲しみ、苦しみ、そして味気ない思いが私の心に湧き起こった。それから逃れるように、私は目を閉じて、そして眠りと、夢の近くへと、這いもどった。けれども私は、夢も眠りも完全には取り戻さなかった。私は疲労感も苦痛も感じない、浅くはかない仮眠状態にとどまった。そして私は今や、夢のようでいて夢ではなく、想念のようでいて想念でないもの、幻覚のようなもの、無意識の領域が意識の光波で、さっと軽く照射されたような状態を体験した。

私の朝方の軽いまどろみの中で、私はひとりの聖者をありありと見た。それは、なかば私自身が聖者であり、彼の考えを考え、彼の感情を感じたというような状態であった。しかし、なかばそれは私が、私とは別個の、しかし私が、心の奥底まで見抜き、知りぬいている第二の人間である彼を見ているかのような状態でもあった。それは、あたかも私が彼を見ているかのような状態であり、私が彼についての話を聞いたり、彼についての本を読んだりしているかのようでもあった。それは私が自分自身に、この聖者のことを語って聞かせているかのようでもあった。そして同時に、彼が私に彼自身について語っているようでもあった。というよりは、彼が私に彼の生活を見せているような状態であり、その生活はほかならぬ私自身の生活のように感じられるものであった。

この聖者は——それが私であったかどうかはどうでもよいことなのであるが——この聖者は、ひとつの大きな苦しみを体験した。けれど私は、その苦しみが私自身以外の者の身に起こったようにそれを描写することができない。私自身がそれを体験し、感じたようにしか描写できないのである。私は私の最も愛する者が私から奪われ、私の子供たちが死んでしまった、というよりは、たった今、私の眼前で死んでゆくのを感じとったのであった。そしてその子供たちは、私の血を分けた、ほんとうに彼ら自身の眼と額と小さな手と声をもった、まぎれもない私の子供たちであったばかりでなく——そのほかに私がそこで見たものは、死んで私から去ってゆく、私の精神が生み出した子供たちであり、私の所有物であった。それは私だけの持ちものである、私の大好きな思想と詩であった。それは私の芸術、私の思索、私の視力と生命であった。これらのものは私のもっている最後のものであった。これ以上につらい、これ以上に残酷なことを体験することがあるだろうか、これらの大切な眼が消えてしまい、もう自分を見ることもできなくなり、この愛する唇がもう呼吸することさえもできないとは。

以上のことを私は体験した。——あるいは、この聖者が体験したのであった。彼は目を閉じて、微笑んでいた。そして彼のかすかな微笑みは、およそ考えられるかぎりの苦しみをあますところなく表現しており、あらゆる弱さ、現れる愛、現れる傷つきやすさを表していた。

けれどそれは、この苦悩を表すかすかな弱々しい微笑みは、美しく、そして静かであった。そしてそれは変わらずに、そして美しく彼の顔に浮かびつづけていた。秋の日光を浴びて、残った最後の数枚の黄金の葉が散ってゆくとき、樹木もそのような風情を示すものだ。氷か火の中で、それまで存在した生命が破滅するときの古い地球も、そのような印象を与えるものだ。それは苦痛を表していた。それは苦しみを、この上もなく深い苦しみを表していた。——けれどそこにはまったく抵抗の気持ちもなく、苦しみに対する抗議の気持ちもなかった。それは苦しみを受け入れ、苦しみに身をゆだね、苦しみの声に耳を傾けることを表していた。それは苦痛を知り、それを味わう意志を表していた。聖者はいけにえを捧げた。そして彼はそのいけにえを讃美していた。彼は苦しんでいた。そして彼は微笑んでいた。彼は苦しみに対して武装しなかったが、それでもなお生きつづけていた。彼は不死の人だったからである。彼はよろこびと愛を受け取り、そしてそれらを捧げた。それらを返したのであった。――しかし他者にではなく、彼自身のものであった運命に返したのであった。

ひとつの思想が記憶の中に、ひとつの動作が休息の中に沈むように、この聖者のもとから彼の子供たちと彼の愛の対象がすべて沈み去った。すなわち聖者に苦しみを与えながら沈んでいったのである。――けれどもそれらは聖者から失われることなく、彼の心の奥深くに沈んでいったのであった。それらは消え失せたのであって、抹殺されたのではなかった。それらは変身したのであって、破壊されたのではなかった。それらは内奥に、世界の内奥に、受難者の魂の奥底に戻っていったのであった。それらはいのちであったし、写し絵となっていた。そして一切のものは写し絵であり、一度は苦悩しながら消えゆくけれど、また新しい写し絵として他の衣裳をまとって現れるのである。

（一九一八年）

1　フィヒテ＝ヨハン・ゴットリープ・フィヒテ（一七六二―一八一四）。ドイツの哲学者。ベルリーン大学初代総長。主著『全知識学の基礎』『ドイツ国民に告ぐ』など。

どちらでも私には同じこと

私の青春時代のあいだずっと
私は快楽を追い求め　味わった
その結果　消沈と　苦しみと
痛みを　たっぷり味わった

苦痛と快楽とは　今私には
姉妹のようにないまぜになり
心地よくとも　痛くとも
二つともからみあって一つになっている

神が私を叫喚の地獄へ導こうと
太陽の輝く青空へ導こうと
神の手を感じることができさえすれば
私にはどちらでも同じこと

（一九一三年）

芸術家と精神分析

フロイト[1]の『精神分析学』が、精神科の医者という最も狭い領域を超えて世間一般の関心を呼び起こして以来、すなわち、フロイトの弟子ユング[2]が、無意識の心理学とその類型学を拡大強化して一部公刊して以来、そしてついに心理分析学が、民間神話、伝説および詩文をも直接対象にして研究するようになって以来、芸術と心理分析とのあいだには、ひとつの親密な、実りゆたかな関係が存続している。人びとがフロイトの学説に、細部にいたるまで、そして専門的な点で賛同してきたかどうかは別として、フロイトの反論の余地のない発見は生きており、影響を及ぼした。

とくに芸術家たちが、新しい、ひじょうに多面的に実りをもたらすこの精神分析の観察法にすぐに馴れ親しむであろうことは、予期しうることであった。すでにひじょうに多くの芸術家は、おそらく自身が神経症患者であったために、この精神分析に関心をもったことであろう。しかしそれに加えて芸術家は、既存の学会の専門家たちよりも、このまったく新しく構築された心理学を受け入れる性質と心構えをもっていた。とくに天才的で急進的な着想は、大学の教授よりも芸術家のほうが簡単に賛同を得ることができるものである。そしてこういうわけで、フロイトの思想は今日では若い世代の芸術家たちのあいだでは、専門の医者や心理学者たちのあいだでよりもずっと活発に検討され、広範に受け入れられている。

今やこの新しい心理学を、喫茶店での新しい話題とするだけでは満足できなくなった個々の芸術家が、芸術的創作のためにこの心理学から学ぼうとする努力を急速に始めたのであった。——というよりはむしろ、この新しい心理学から得られる知識が、そもそも創作活動そのものにとって有益なものであるか、有益であるとすればどの程度まで有益であるかということが問題になったのである。

私の記憶しているところでは、ひとりの知人が二年ほど前に、貴重な作品としてだけではなく、同時に「一種の心理分析学入門書」と称して、レーオンハルト・フランク[3]の二冊の長編小説を推薦してくれた。それ以来私は、フロイトの学説への関心がはっきりと認められる若干の文学作品を読んだ。最近の学問としての心理学には、一度も、まったく関心を抱いたことのなかった私には、フロイト、ユング、シュテーケル[4]などの若干の著作には、新しいことで重要なことが記述されているように思われたので、それらを強い関心をもって読んだ。そして全体として、私が詩人たちの作品を読み、私自身を実際に観察して抱いていた直感的な知識が正しいことが、心理的現象に関する前記の精神分析学者たちの著作の中で立証されているのを知った。私が直感的な知識として、漠然とした思いつきとして、無意識の知識としてすでに部分的にもっていたことが、それらの著作で明確に表現され、定式化されているのを見たのである。

詩人の仕事へ適応する場合も、日常生活の観察の場合と同様に、この新しい学説が有益であることが容易に明らかになった。私たちは「カギ」をひとつ多く獲得したのである。――決して絶対的な力をもつ魔法のカギではないにしても、それが有用であり、信頼のおけるものであることが即座に確証された貴重な、新しい見解であり、新しい優れた道具であった。

私は、こうは言っても、ひとりの作家の生涯をきわめて詳細な病歴物語の形で書いている、ある詩人個人の性格分析を行った文学作品のことを言っているわけではない。たとえば、ニーチェの心理学的な知識と、デリケートな直感的な知識を一部正しいものとして確証し、一部修正してくれたという事実だけでも、この心理分析学は私たちにとってこの上もなく貴重なものだったのである。抑圧、昇華、退嬰(たいえい)などの心理的メカニズムを解明した無意識の領域についての知識と観察が始まってから、それらの観察は容易にわれわれを納得させうる明確な心理的図式をつくりだした。

しかし、誰もが心理学をやることをある程度当然のことと考えるようになり、心理学をやることが簡単になったものの、この心理学を芸術家の創作活動のために応用するかどうかについては、やはりいぜんとして疑問が残った。歴史上の知識が歴史文学の創作に、植物学や地質学の知識が風景描写にほとんど役立たないのと同様に、この上もなく優れた学術的な心理学の知識は人間の描写の役には立たなかったからである。もちろん精神分析学者がいたるところで、昔の、精神分析学が始まる前の時代の文学作品を証拠資料として、情報源や確認資料として援用しているのを私は知っていた。それによると、精神分析学が認識し、学問的に体系化したものは、詩人たちがつねに意識していたことであった。

ところが詩人というものは、ほんとうは心理分析的思考法とは徹頭徹尾相反する、一種独特な思考法の代表者であることが明らかになった。詩人は夢見る人であり、分析者は詩人の夢の解釈者であった。それゆえ、詩人はこの新しい心理分析学にいくら関心をもち、それにたずさわっても、あいかわらず夢を見つづけ、自分の無意識の領域からの呼びかけにしたがって生きつづけてゆく以外に何のすべもなかったというのだろうか？

そのとおり、何のなすすべもなかったのである。それまで本質的な詩人でなかった者、それまでに心理生活の仕組みと動きを描出することができなかった者は、どんなに精神分析を学んでも人間の心理を作品において描写できるようにはならない。そのような作家は、創作にひとつの新しい精神分析法という図式を利用することができるようになるだけであり、それによって一時的に読者を驚嘆させることはできても、自分の創作力を本質的に増強することは不可能であった。心理現象を詩的に把握することは、いぜんとして直感的な才能の本分とするところであり、分析的な才能の本分ではなかったからである。ところがこの問題は、これで解決されたのではない。

事実、心理分析の方法は、芸術家をも著しく啓発することができるのである。彼が精神分析の技法を芸術創作に応用するということは間違ったことであるが、彼が精神分析そのものを重視してその学説に関心をもつということは、正しいことである。私は芸術家が精神分析によって次の事実を確認して力づけられることを知っている。

まず第一に、芸術家の想像力と虚構能力が高い価値をもつことを、心の底から確信するようになることである。芸術家が自分自身を分析的に観察すると、自分の悩みの種になっているウィークポイントのひとつは、自分自身が抱いている職業に対する不信感であること、つまり、想像力の価値に対する疑念であり、自分の中にいるもうひとりの人間の声が市民的な世界観と教育を正当なものと考えるようにと、自分自身の仕事はすべて「ただの」すばらしい虚構を創り出すこと以外の何ものでもないと考えるようにと主張することであることが、露見せずにはいない。しかし精神分析学はまさにどんな芸術家にも、彼がときおり「ただの」捏造（ねつぞう）行為としか考えられなかったものが、まさに最高の価値をもつものであることを諄々（じゅんじゅん）と説き、そして魂の根本的な要請が存在することと同時に、一切の権威をもつ基準と評価が相対的なものであることを声を大にして想起させるのである。精神分析によって芸術家は、自分自身の生き方に自信をもつことができるようになる。同時に精神分析は分析的心理学という純粋に知的な活動分野を芸術家に開き示してくれるのである。この方法を局外者として理論だけを知るようになった者も、またこの方法の効用を体験することができるかもしれない。

ほかの二つの効能は、精神分析を自分自身に徹底的に真剣に受けた者に、つまりこれにひとつの知的な問題としてかかわりあったのではなく、分析そのものがひとつの体験となった者だけに明らかになる。自分の「コンプレックス」について若干の説明を受け、そして今や自分の心理生活に関しての、いくらかの情報を記した文書を得ることで満足する者は、これらの最も重要な効能を見逃してしまうのである。

この精神分析の道を、つまり、記憶と夢と観念の連合でできあがっている魂の最深層を探求する道を、ある一定の期間真剣にたどった者は、失われることのない利益を、いわば「自分自身の無意識の領域に対する、以前よりもはるかに親密な関係」を得ることになる。つまりその者は、以前よりはるかに密接で創造的で情熱的な、意識と無意識の交流を体験することになる。その者は、ふだんは「意識下」にとどまっていて、意識せず、夢の中にだけ現れることがらのうちの多くのものを、いっしょにはっきりと意識するようになるのである。そしてこの事実は、倫理的な問題、個人的な良心の問題に対する精神分析の効果とも、またしても密接な関連をもつのである。

精神分析はなによりもまず、ひとつの大きな基本的要請を、分析を受ける者につきつけるのであるが、それを回避したり、軽視したりすると、ただちに報いを受け、その棘は心中深く突き刺さって、不治の痕跡を残さずにはおかない。つまり、精神分析は、私たちがふだん慣れていないものである、自己に対する誠実さを要求するのである。精神分析は、私たちがまさに心の中で抑圧するのに最大の成功をおさめてきたものを、何世代にもわたって、人間が外部からのたえまない強制によって抑圧してきたものを見ることを、その価値を認めることを、そしてそれと真剣に取り組むことを、私たちに教える。

これはすでに精神分析においてなされる最初の段階における、ひとつの強烈な、それどころか痛烈な体験であり、個性を根底から震撼させる体験である。この衝撃に耐え、それを続ける者は、今や一歩進むごとに自分だけしか頼りにならないことがますますはっきりし、だんだんと自分の考えが、因習と、それまでの自分の考えとから切り離されてゆくのを体験する。彼は、自分があらゆるものごとを容赦なく問題にし、疑う必要があることを知る。しかしその代わりに、因習という舞台装置が瓦解してゆき、その背後に、真理の、すなわち自然という非情な正体がだんだんと浮上してくるのを見たり感じたりするのである。なぜならば、精神分析による徹底的な自己省察においてのみ、受析者は、人類の進化の歴史のひとこまを身をもって体験し、血の出るような苦痛を身にしみて味わうからである。

父と母、農民と遊牧民、猿と魚類の段階を通って、人類の由来、人類の制約と希望が、ひとつの真剣な精神分析においてほど、真摯に衝撃的に体験できるところはどこにもない。学び終えたことが目に見えるようになり、知っていたことが生命を推進する衝動となる。不安や困惑や抑圧の正体が解明されるにしたがって、受析者の生活と個性の重要性が明確になり、自分の個性を形成したいという欲求が強くなる。人間を教育し、啓発し、激励するこの精神分析の力を、自分自身の創造力を強化するものと感じとる者は芸術家以外には誰もいないであろう。芸術家というものは、世間とそのしきたりにできるだけ楽に対応することを重要視せず、自分自身だけがもつ唯一無二の個性の実現を重視するからである。

過去の詩人たちのうちでは、数人の詩人が心理分析の諸定理にひじょうに類似した知識をもっていた。精神分析学の定理に最も類似した知識をもっていたのは、ドストエフスキーで、彼は、フロイトやその弟子たちよりもずっと以前に、直感的にこの分野に踏み込んだばかりでなく、すでに精神分析学的な心理学上の一種の技法を知り、ある程度まで実地に創作に利用していたのであった。偉大なドイツの詩人のうちで、心理現象について、現代のフロイト派の学説に最も類似した見解をもっていたのは、ジャン・パウル[5]である。同時に彼は、心理的な現象の重要性を強く深く感じて、自分自身の心の無意識の領域とたえず親密に接触することによってつきることのない創造力のエネルギーを汲み出す芸術家の最も優れた典型である。

最後に、純粋な理想主義者ではあるが、夢想家ではあっても固有の考えに閉じこもるタイプというよりも、全体としてむしろきわめて理知的なタイプの芸術家として通用しているひとりの作家を例にあげておこう。次に引用する手紙の一部は、オットー・ラング[6]が発見した、近代前期に無意識の心理学がすでに存在したことの、まことに驚嘆すべき証拠の一例である。すなわち、シラー[7]は、ときおり創作に行きづまって苦しんでいることを訴えているケルナー[8]に、次のように書いているのである。

「君の悩みの原因は、君の知力が君の創造力を抑圧しているせいである。知力が、頭にとうとうと流れ込む着想を、いわばその入り口で過度に厳しく吟味するということは、魂の創作活動にとってよくないことで、不利なことであるように思われる。ひとつの着想をそれひとつだけ切り離して観察すると、ひどくつまらなく、そしてひどく奇怪なものに見えることがあるかもしれない。けれどもその着想は、それに続いて浮かぶひとつの着想が加わることで、重要な意味をもつようになるかもしれない。つまりこの着想は、それと同じようにつまらないものと思われる、ほかのいくつかの着想と何らかの形で結びつくと、ひとつの構想全体にとって重要かつきわめて有益なひとつの要素の役割を果たすことができるかもしれない。それゆえ分別がひとつの着想をほかのさまざまな着想と結合している状態で充分観察できるまで、切り捨てないでとどめておかないと、分別はその着想が構想全体としてどんな意味をもつかを判断することができない。その逆に、創造能力をもつ人の場合には、分別が、着想の入り口の見張り人を撤退させているのだと思う。それで着想はかまわず頭に乱入してくる。この着想の大群が乱入してきてはじめて、分別はそれらを見渡して吟味するのだよ」

ここには知的な判断と「無意識」の活動との、理想的な関係がみごとに表現されている。無意識の領域、すなわち、分別のコントロールを受けていない思いつきから、夢から、遊動する心から、意識の中に流れ込む想念を排除することなく、形をとっていない、際限のない無意識の領域だけに始終沈潜することもなく、隠れた泉から流れ出る音に、愛をこめて耳をすまし、そこではじめて、こんこんと湧き出る着想の群れを吟味してよいものを選び出す——こういうふうに、偉大な芸術家はみな創作したのである。このような要求を満たすにあたって、もし何らかの技術が有効であるとすれば、それは精神分析の技術である。

（一九一八年）

1　フロイト＝ズィークムント・フロイト（一八五六—一九三九）。オーストリアの精神分析学者。精神分析学を樹立。

2　ユング＝カール・グスタフ・ユング（一八七五—一九六一）。スイスの精神病理学者。深層心理学を樹立。ヘッセは一九二一年二月と五月に、ユングのもとで精神分析を受けている。

3　レーオンハルト・フランク（一八八二—一九六一）。ドイツの作家。「二冊の長編小説」とは、『盗賊団』（一九一四）、『原因』（一九一六）を指す。

4　シュテーケル＝ヴィルヘルム・シュテーケル（一八六八—一九四〇）。ドイツの医師、精神分析学者。

5　ジャン・パウル（一七六三―一八二五）。ドイツの作家。古典主義からロマン主義時代にかけて活躍したが、どちらにも属さぬ独自の作風で後世まで大きな影響を与えた散文の巨匠。代表作『巨人』『生意気ざかり』『彗星』など。

6　オットー・ラング（一八八四―一九三九）。オーストリアの心理学者。

7　シラー＝フリードリヒ・シラー（一七五九―一八〇五）。ドイツ古典主義を代表する詩人、劇作家。

8　ケルナー＝クリスティアン・ゴットフリート・ケルナー（一七五六―一八三一）。法律家、シラーの友人。

安らぎなく

魂よ　おまえ　臆病な小鳥よ
くりかえしおまえは問わずにはいられない
こんなに多くの嵐のような日のあとに
いつ平和が来るのか　安らぎが来るのか　と

おお　私は知っている　私たちが
地下で静かな日々を送るやいなや
新たなあこがれのために　おまえの
好ましいどの日も苦痛になることを

安らぎを得るやいなや　おまえは
新たな苦しみを求めるだろう
そして星になりたてのおまえは
焦燥に駆られて宇宙を運行するのだ

（一九一三年）

雲におおわれた空

岩のあいだに背の低い小さな草の花が咲いている。私は寝そべって、数時間このかた、小さな、静かな、もつれあうちぎれ雲がゆっくりと広がってきた夕空を見上げている。ここではまったく感じられないけれど、上空では風が吹き通っているにちがいない。風はいくつものちぎれ雲を糸のようにたなびかせている。

水が地上で蒸発して、雨となって地上に戻ってくる現象が、ある一定のリズムで起こっているように、季節や潮の満ち干（ひ）に一定の期間と順序があるように、私たちの心の中でもすべてが一定の法則に従って周期的に反復して起こる。この生命現象の周期的な反復を表すために、ある数列を算出したフリース[1]という教授がいる。これはカバラ[2]のような印象を与えるけれど、おそらくカバラも学問であろう。カバラがドイツの教授たちに嘲笑されているという事実は、かえってカバラがまともなものであるという証拠である。

私が恐れている私の人生の暗い波も、一定の規則正しさをもってやってくる。私には、それがくる日がいつで、何日かも知らない。一度も継続的に日記をつけたことがないからである。それが23とか27という数字か、ほかの数字と関係があるのかどうか、私にはわからないし、また知ろうとも思わない。私が知っていることはただ、外面的な理由もまったくなしに私の心の中でときどき暗い波が立ちはじめることである。世界じゅうが雲におおわれたように暗くなる。楽しみは純粋なものでないような感じがし、音楽は味気のない響きがする。暗鬱な気分でいっぱいになって、生きているより死んだほうがましだと思うようになる。ひとつの発作のように、この憂鬱な気分がときどきやってくるけれど、どんな間隔をおいてくるのか、私にはわからない。とにかく、それが私の世界をゆっくりと群雲（むらぐも）でおおってゆくのである。

それは心の中の動揺で、不安の予感で、たいてい夜ごとの夢で始まる。私がふだんは気に入っている人間、家、色彩、音などがうさんくさく思われて、にせもののような感じがする。音楽を聴くと頭が痛くなる。手紙はすべて私を不快にし、陰にあてこすりを含んでいるように思われる。こういうときに人と話をしなくてはならないことがあると、苦痛を感じ、必ず口論で終わらずにはすまない。

このようなときがあるので、人は銃器をもたないほうがよいのだ。つまり、このようなときこそ飛び道具があったら、と思うからだ。怒りや悲しみや非難がありとあらゆるものに対して、人間や動物や天気や神に、たまたま読んでいる本の紙に、そしてたまたま着ている服の布地などに対して向けられる。ところが、怒り、焦燥、非難、憎悪などは、事物に向けられるだけではなくて、そのすべての事物から私自身に向かってくるのである。私自身こそ、私の憎悪を受けるに値するものなのである。私こそ、私の生活を乱し、不快なものにする張本人なのだ。

今日、私はこのような一日を過ごしたあとで、元気を取り戻す。これからしばらくのあいだ平穏な日が期待できることを私は知っている。この世界がどんなに美しいかを、この世界が当分のあいだ他の誰にもまして、私には無限に美しく見えることを、色彩が私には誰にもまして甘美な感じを与えることを、空気の流れを感じて誰よりも幸せな思いになり、漂い浮かぶ光が私の眼には誰の眼にもまして優しく映ることがわかっているのだ。そのつぐないのために、私は生きているのが耐えられなくなるようなつらい日々を過ごさなくてはならないのだということも知っている。

憂鬱症の妙薬がある。それは歌をうたったり、敬虔な気持ちをもったり、ワインを飲んだり、楽器の演奏をしたり、詩をつくったり、山野を跋渉（ばっしょう）したりすることだ。世捨て人が聖務日課をたよりに生きているように、私はこのような妙薬をたよりにして生きている。ときどき私には、秤の皿が沈んでしまい、私の気分のよい時間があまりにもまれに、少なくなりすぎてしまって、気分の悪い時との釣り合いがとれなくなってしまうように思われることがある。ときにはその逆に、自分が進歩したと感じたり、気分のよい時間が増えて、気分の悪い時間が減ったと思うこともある。

私が決して望まないことは、気分の最もみじめなときでも決して望まないことは、晴れた気分と落ち込んだ気分のあいだの中ほどの状態、つまりどうにか耐えられるという、中途半端の中間状態である。それはごめんだ。むしろ毎日の変化が極端なカーブを描くほうがまだしも好ましい。——苦しみが一段とつのり、その代わりにそのぶんだけこの上もなく幸せな瞬間が、一段とすばらしくなるほうがよい！

この憂鬱な気分はしだいに弱まりながら私から去ってゆく。人生はふたたびすてきなものになり、空はふたたび美しく、山野の散策はふたたび意義深いものとなる。落ち込みから立ち直ったこのような日々に、私は病気の回復期のような気分を味わう。つまり、実際に苦痛のない疲労感、不快感をともなわないあきらめきった気分、自己蔑視をともなわない運命に屈従する気持ちである。生活感情はゆっくりと上昇曲線を描きはじめる。ふたたび歌の一節を口ずさむ。ふたたび一輪の花を手折る。ふたたび散歩用のステッキをもてあそぶ。まだ生きているのだ。またしても乗り越えたのだ。

またもう一度乗り越えるだろう。そして多分もっと頻繁に。

私がいま眺めている、糸のようにたなびくたくさんの雲が静かに動きながら広がってゆく空が、私の魂の中に映っているのか、私の魂が空に映っているのか、私がこの空から私の心の姿だけを読み取っているのか、それを判定することはまったくできないことであろう。ときおり、一切のものが、このようにまったく私にとって不確かなものになるのだ！　神経質な老詩人と自然の散策者のもつ感覚をもって、ある空気や雲の風情や、ある種の色彩の波長や、ある種の芳香と湿度の変動などを、私ほど正確に、忠実に観察できる者は、この世に誰もいないと、私が確信できる日々がある。それからふたたび今日のように、私がそもそも何かを見、聞き、そして匂いを嗅いだことがあったのだろうか、私が知覚したと思っているすべてのものは、外界に映った私の心の像にすぎないのではないかと疑わしく思う日もある。

（＊一九二〇年）

1　フリース＝ヴィルヘルム・フリース（一八五八―一九二八）。ドイツの医者。『生命の経過』『周期学』等の著書がある。

2　カバラ＝中世ユダヤ教の神秘説、およびその説にもとづく密教的神知論。

＊

まさに逆境にあっては、受動的にではなく、創造的に楽しみながら、自然に没頭することほど慰めになることはありません。

断章6（一九六一年）

＊

私たち詩人は、とりわけ、私たちの同時代の人びとの受けた苦しみを言葉で表さなければならない使命をもっています。そしてそれができるのは、私たちがそれを聞き伝えに知ったのではなく、自分自身の苦しみを通して知っている場合だけです。それを荘重な調子であれ、感傷的な調子であれ、悲嘆の調子であれ、ユーモラスな調子であれ、あるいは弾劾するような調子であれ、とにかくこの苦しみを言葉で表明することがどうしても必要なのです。そしてその表明によって、人間の進歩のおぼつかないよちよち歩きに、ほんのわずかでも手を貸してやらなければなりません。今日の大きな苦難は、すべての民族と、あらゆる生き方をしている人びとと、あらゆる種類の苦難をなめている人びとを、結合するひとつの連帯感を私たちに与えます。私たちは耐えがたいことをはっきりと表明しなくてはなりません。それによってそれは克服されることもありましょう。

断章7（一九四七年）

きみもそれを知っているか？

きみも知っているだろうか
ときどき楽しい大広間の祝宴の
笑いさざめきの最中に
突然黙って立ち去らずにはいられなくなることを？

それから眠れぬまま床に就く
突然胸の痛みに倒れた人のように
楽しさと笑いは煙のように消えて
とめどなく泣きつづける　きみもそれを知っているか？

（一九〇一年）

不安を克服する

…湖のはるか沖合で彼はオールをボートに引き上げた。最後の時がきたのだ。彼は満足であった。それまでは、彼は死ぬよりほかに方法がないという瞬間にも、いつもなおしばらくためらい、死ぬのを明日に延ばして、とにかくもう一度生きようと試みたものだ。今はもうそんな気持ちはみじんもなかった。彼の小さなボート、それは彼自身であった。それは彼の残り少ない、限られた、人工的に維持された生命そのものであった。——あたりにはしかし、広漠たる灰色の湖水が広がっている。これが世界なのだ。これが宇宙であり、神なのだ。その中へ身をゆだねることはむずかしいことではない。それはたやすいことで、楽しいことだ。

彼はボートの縁に外向きに腰を下ろした。両足が水の中に浸かった。彼はゆっくりと前方へ身を傾けた。もっと身を傾けると、彼の背後のボートが跳ね返り、滑り去った。彼は宇宙の中にいた。

落ちたときから彼が死ぬまでのわずかな時間に、彼がこの目標に到達するまでにたどってきた四十年の体験よりもはるかに多くの体験が、どっと彼に押し寄せてきた。

それはこんなふうに始まった。彼が水に落ちた瞬間に、つまりボートの縁と水面とのあいだに一瞬浮かんでいた瞬間に、自分は自殺をするのだと思った。子供じみたことだ、なるほど悪いことではないけれど、滑稽な、かなりばかげたことをやる、という気がしたのである。死んでしまおうという悲壮な情熱と、死んでゆく悲壮な気持ちはひとつになって、もうあとかたもなくなってしまった。彼が死ぬことはもう必須のことではなかった。今ではもう必要なくなっていた。死を彼は望んだのであった。それはすばらしく、歓迎すべきものと思われた。けれどもう、是が非でも必要ということではなかった。彼は精根こめて意志をことごとく捨てて、無心になってボートの縁から母のふところへ、神の腕の中へ落ちていった瞬間、その稲妻がひらめくような瞬間――この瞬間から死ぬことはもう何ら特別な意味をもたなかった。それどころか、すべてがとても簡単なことであった。ほんとうに何もかも驚くほど簡単なことであった。もう絶望の深淵とか、むずかしいことなど全然なかった。唯一肝心なことは、「運命に身をゆだねる！」ことだった。

このことが、彼の生涯の結論として、彼の全身全霊を明るくした。「運命に身をゆだねる!」ということが。これをいったん行ったら、いったん自己を放棄したら、運命に身をまかせたら、運命に服従したら、いったん自分のあらゆる支えと、足の下のすべての堅固な地盤を捨ててしまったら、自分の心の中の導き手の言葉だけに完全に耳を傾けたら、何もかも得られたのだ。そのときには、何もかもうまくゆくのだ。何の不安も、何の危険ももうないのだ。

ついに達せられたのだ、この偉大なことが。唯一のこと、すなわち、運命に身をゆだねたのだ!　彼が水中に、死の中に身をゆだねることは、必要なことではなかったかもしれない。同じように彼は生の中に身をゆだねてもよかったのだから。けれどもそれは、そんなに重大なことではなかった。重要なことは、そのことではなかった。彼が生きるならば、もどって来るならば、そのときには彼はもう自殺する必要はないだろう。そして、彼のたどったすべての奇妙な回り道のどれをも、彼の犯したすべてのつらく悲しい愚行のどれをも、もう彼は必要としないだろう。彼はそのときには、不安を克服してしまっているだろうから。

すばらしい考えではないか、「不安なく生きる」ということは!　不安を克服すること、それは無上の幸福であり、それは救いではないか。彼は生涯のあいだどれほど不安に苦しんできたことだろう。それが、死が彼の首を締めあげた今になって、彼はもうどんな不安も感じなかった。不安もなく、恐怖もなく、ただ微笑みと、解放感と、運命を肯定する気持ちを感じただけであった。

突然彼は、不安とは何であるかが今になってわかった。不安を知った者だけがそれを克服することができるのだ。誰でも無数のものに対して不安を抱いている。苦痛に対して、審判者に対して、自分自身の心に対して。誰でも眠りに対して不安をもっている。目覚めることに対して、孤独になることに対して、寒さに対して、狂気に対して、死に対して――ことに死に対して不安をもっている。しかし、それらはすべて仮面であり、仮装にすぎない。実際には、不安の対象はただひとつにすぎない。つまりさからわずに身をゆだねること、未知のものの中へと歩み出すこと、既存のすべての確実なものを乗り越えてほんの少し歩み出すことなのだ。そしていったん、ただ一度でも身をささげた者、いったん運命に絶大な信頼を寄せて身をゆだねた者は、解放されるのだ。彼はもうこの世の掟に従うことなく、宇宙の中に落下して、星辰(せいしん)の輪舞に加わって踊るのだ。そうなのだ。それはそんなにも簡単なことであり、どんな子供でも理解できるし、知ることができることなのだ。

このようなことを彼は、思想を考えるように考えたのではない。彼はそれを生きたのであり、感じ、触り、嗅ぎ、味わったのだ。彼は生とはどんなものであるかを、味わい、嗅ぎ、見て、理解したのだ。彼は世界の創生を見た。彼は世界の没落を見た。この二つは、二つの軍勢が戦うように、絶えず相手に拮抗して動き、決して休むことなく、永遠に動いているのだ。世界はたえず生まれつづけている。世界はたえず死につづけている。すべての生命は神の吐き出した息であり、すべての死は神が吸い込む息なのだ。それに抵抗しないことを、身をゆだねることを学んだ者は、楽に死に、やすやすと生まれるのだ。抵抗する者は、不安に苦しめられ、つらい死を迎え、いやいや生まれるのだ。

夜の湖上の灰色の雨の闇の中に、この世界の運行の姿が映し出され、描写されるのを、この沈んでゆく者は見た。太陽と星々はゆっくりと昇り、沈んでいった。人間と動物、悪魔と天使たちのコーラスが対立し、うたい、沈黙し、叫びあった。存在するすべてのものが、いくつもの群れをなして、どれも自分自身を誤解し、自分自身を憎み、あらゆる他者の中にある自分自身の性質をも憎み、迫害しあいながら、せめぎ合っていた。彼らすべてがあこがれるものは死であった。休息であった。彼らの目標は、神であった。神への再帰であり、神の中にとどまることであった。この目標が不安をつくりだしたのだ。それは妄想の産物だったのだ。神の中にとどまることはできないのだ！　休息などはないのだ！　ただ永遠の、永劫の、神によって吐き出され、吸い込まれること、休みなく終わりのない、形成と崩壊、誕生と死、世界への出立（しゅったつ）と神の中に帰ることがあるだけなのだ。そしてそれゆえ、あるものはただひとつの方法、唯一無二の教え、唯一の秘密だけなのだ。つまり身をゆだねること、神の意志に逆らわぬこと、何物にも、善にも悪にも固執せぬことだ。そうすれば、人は救われ、苦しみから解放され、不安から解放されるのだ。そうすることによってだけ。

彼の生涯が、ひとつの高い山脈の尾根から見渡せる、森や谷間や村などのある一帯の土地のように、彼の眼前に広がっていた。何もかも申し分なかったのであった。素朴で、よいものであった。そして何もかもが彼の不安のせいで、彼の抵抗のせいで、苦痛と葛藤に、悲嘆と悲惨の身の毛もよだつ狂乱と危機に化したのであった！　どうしてもその女がいなくては生きることができないというような女など、この世に存在しない。――そしてまた、どうしてもいっしょに生きてゆけないほどひどい女性も存在しない。この世に存在するものはすべて、その反対のものと同じくらいに美しく、同じくらい望ましく、同じくらい人を幸せにしてくれる！　ただひとり宇宙空間に漂い出れば、生きることは無上に幸せなことであり、死ぬことも無上に幸せなことになるのだ。外から来る平安というものは存在しない。墓場にも平安はなく、神の中にも平安などは存在しない。どんな魔術も、誕生の永遠の連鎖を、神の呼吸の際限のない連続を決して中断することはできない。けれども自分の中に見いだすべきもうひとつの平安は存在する。それは、「無心になれ！　抵抗するな！　よろこんで死ね！　よろこんで生きよ！」ということなのだ。

彼の生涯に出会ったものがみな彼のところにやってきた。彼の愛した人びとの顔が、彼の味わったさまざまな苦しみが……

彼は何百回となく死ぬことを想像して恐怖におののいたのであった。彼は自分がギロチンにかかって死ぬのを見た。彼の首をカミソリナイフが切断するのを感じ、彼のこめかみに命中する弾丸を感じた。——そして今、この恐れていた死を実際に迎えたとき、それはとても楽な、それはとても簡単なことで、それはよろこびと勝利感をもたらすものであった！　この世に恐れるべきものは何もない。——妄想の中だけで、私たちはこれらすべての恐怖を、これらすべての苦しみをつくりあげるのだ。ただ私たち自身の、不安におびえた魂の中だけで、善と悪が、価値の有無が、欲望と恐怖が生まれるのだ。……

水は彼の口の中へ流れ込んだ。そして彼は飲んだ。四方八方からすべての器官を通って、水が流れ込んだ。すべてが溶け去った。彼は吸い寄せられた。彼は吸い込まれた。彼のまわりには水中の水滴のように凝集して、彼の身体とぴったりくっついて、他の人びとが泳いでいた。…彼の以前の妻や、父や母や妹たちが、そして何千もの、無数の、おびただしい他の人間たちや、さまざまな絵画や家々が泳いでいた。すべてのものは、圧縮されてひとつの巨大な流れとなり、運命の力に駆り立てられて、速く、ますます速く、猛烈な速さで泳ぎ去った。——そしてこの巨大な、驀進する、一切の形象の流れに向かって、もうひとつの流れが、顔、脚、腹部、動物、花、思想、殺人、自殺、書かれた本、流された涙、子供の眼などが、ぎっしりと密集し、おびただしく凝縮されて、ひとつの流れとなって、不気味な、すさまじい勢いでやってきた。そして…ひとりの若者が、彼自身に似た、神聖な情熱をたたえた顔が流れてきた。それは彼自身で、二十歳の、あのかつて行方不明になったクライン[1]であった。

この認識、「時間など存在しないものだ」という、今彼が思いついた認識はなんとよいことであろう！　老年と青年のあいだに、バビロンとベルリーンのあいだに、善と悪とのあいだに、与えることと取ることとのあいだに立ちはだかっていた唯一のものは、そして世界を差別や評価や苦しみや争いや戦争でいっぱいにした唯一の張本人は、人間の精神なのだ。それは、まだこの認識から遠く離れた、まだ神から遠く隔たった、荒れ狂う青春の段階にある、若く、荒々しく、そして残酷な精神なのだ。この人間精神が対立概念をつくりだしたのだ。それが名称をつくりだしたのだ。あるものを美しいと呼び、あるものを醜いと呼び、これを良い、これを悪いと呼んだ。生のひとこまが愛と呼ばれ、ほかのひとこまが殺人と呼ばれた。

このように、この精神は若く、愚かで、滑稽なのだ。その精神の発明品のひとつが時間である。ひとつの精妙な発明品だ。自分をますます激しく責めさいなみ、世界を、複雑でめんどうなものにする、ひとつの精巧な機械だ！　人間は、望み求めるすべてのものから、この時間によってのみ、この時間、このばかげた発明品によってのみ、引き離されていたのだ！　時間こそ、人間が自由になりたいと思ったら、何よりもまず捨て去らなければならない支えのひとつ、松葉杖のひとつなのだ。…

（＊一九一九年）

1　クライン＝この作品（『クラインとヴァーグナー』）の主人公のひとり。

＊

新しく生まれたいと望む者は、死ぬ覚悟がなければならない。

断章8（一九一九年）

＊

明日にも私たちの身の上に何か起こるかもしれないと考えて心配していると、私たちは今日を、現在を、そして現実を失ってしまいます。今日を、この日を、この時間を、この瞬間を充分に生かし切ってやりなさい！ そして自由意志で選ぶ死については、私はそれを罪悪とも卑怯な行為とも思いません。けれど、この自殺という逃げ道が私たちの前にあると思うことが、生きてゆくこととその苦しみに耐えてゆくために、ひとつのよい助けになると私は思っています。

断章9（一九六〇年）

＊

私たちの今日の文化が貧しくみすぼらしいものであり、私たちの生活が堕落していて、私たちの精神的、および道徳的な資質がひどく貧弱なものであること、そしてたとえば中世に見られたようなはっきりとして単純な中心をもつ、信仰にもとづいた、健全な生活秩序と生活感情のほうが、私たちのものよりもはるかによく、純粋で、望ましいものであることを私は少しも疑っておりません。

けれどこのように断言したところで、何の役に立つのでしょう。何の役にも立ちません。このような表明は言葉にすぎず、それどころか空しい言葉であり、したがって罪でさえあります。なぜなら、私たちは誰でも私たちの生きている時代の特定の形の中で生活しているのですから。私たちの誰もがさまざまな任務と問題の前に立っています。それらは一回限りの、はかないものですが、私たちにとっては全生涯に関わるものなのです。それは普遍的で理論的な問題ではなくて、私たちひとりひとりの、差し迫った問題なのですから。

そしてこのような問題は、私たちが「解決する」ためにあるのではなく、耐え忍び、味わいつくすためにあるのであり、それらは私たちに課せられた苦しみであり、そして苦しみというものは、私たちが苦しみに耐え、苦しみを味わい尽くすというつらい道を通ることによってのみ、生きる力となり、よろこびとなり、人生に価値をもたらすものになるのだと私は言いたいのです。

私はあなたに、これ以上のことを申し上げられません。一般的な言葉はすべてすぐにくだらないおしゃべりになるからです。

断章10（一九二四年）

*

地獄を目がけて突進しなさい。地獄は克服できるのです。

断章11（一九三三年頃）

*

発端が開かれたところには、いつも最善のものがひとりでについてくるものです。

断章12（一九〇四年）

＊

私は著作を通して、ときおり若い読者たちが混乱状態に陥るところまで、つまり彼らがたった一人で、よりどころとなる慣習なしに人生の謎と対決するにいたるまで力を貸しました。そのほとんどの人にとって、そのことはすでに危険なことです。そして、それゆえに、ほとんどの人びとがその状態を回避して、新しい精神的支柱となる人間関係やよりどころとなる人びとを探し求めます。無秩序（カオス）の中に踏み込んで私たちの時代の地獄を意識して体験する精神力をもつひじょうに少数の人びとは、「指導者」なしに自力でそれをやりとげます。私の著書は、読者がそれを望むなら、私たちの時代のさまざまな理想や徳目の背後にかくれた無秩序（カオス）を見抜くところまで読者を導いてゆきます。この無秩序（カオス）が解決できるという、つまりこの無秩序（カオス）に新しい秩序を与えることができるという予感は今日ではもう普遍性をもつ「教義」になることはできません。この予感は、各個人がそれぞれの筆舌につくしがたい体験を通して心の中で実現するものです。

断章13（一九二八年）

困難な時代に生きる友人たちに

このかなり陰鬱な時間の中でも
愛する友人たちよ　聞いてくれたまえ
人生を明るいと思っても暗いと思っても
私は人生を非難しようとは思わない

陽光も雷雨も
同じ空の見せる表情だ
運命は　甘くとも苦くとも
好ましい食物として味わおう

魂は曲がりくねった小道をゆく
その言葉を読むことを学びたまえ！
魂は今日苦しみだったものを
明日はもう恩寵として讃えるのだ

死ぬことができるのは粗野な人たちだけだ
そのほかの人びとには神が教えようとしている
低劣なことからも高貴なことからも
魂にとって重要なものを獲得することを

私たちが父なる神に呼ばれて
もう天を見ることのできる
あの最後の段階ではじめて
私たちは休息することが許される

（一九一五年）

つねに新たな自己形成を

私がまたしても通り抜けなければならなかったこの恐ろしい空虚と静けさ、死にたくなるような心理的狭窄感、孤独感、そして疎外感、愛の欠如と絶望という、空虚な荒涼とした地獄に落ち込んだあとは、決まってなんらかの仮面がはがれ、理想が崩壊したものである。

しかし私はこのような衝撃を受けるたびごとに、結局、何かを獲得してきた。それは否定できないことである。つまり、以前より少しばかり自由になり、精神的にゆたかになり、深みを増したが、同時に孤独になり、他人に理解されないという気持ちが強まり、以前よりも他人に冷淡になったのである。

市民的な立場から見ると、このような衝撃を受けるたびに、私の生活はますます落ちぶれてゆき、正常な生活、世人に容認された健全な生活から離れてゆく一方であった。私はこの年月のあいだに、職業を失い、家族を失い、故郷を失った。世間とのつきあいはまったくせず、孤独で、誰にも愛されず、多くの人びとに不審の眼で見られ、世論や世間の道徳とたえずひどい悶着を起こしていた。そしてまだ外見的には市民的な生活をしていたものの、この世界の真ん中にいながら、自分はアウトサイダーであることを痛感し、確信していた。

宗教、祖国、家族、国家というものは、私にとっては価値を失い、私とは何の関係もないものとなっていた。学者や同業仲間や芸術家のもったいぶった態度に私は吐き気をもよおした。かつて私に才能のある人気作家という栄光をもたらした意見や趣味や思考法は、今ではすっかり混沌としたものとなり、人びとからいかがわしく思われるものになっていた。

たしかに私はこのようないろいろな大きな苦痛をともなう変化で、目に見えないもの、計り知れないものを得たとはいえ——私がそれに払った代償は高価なものであった。そして私の生活は変化が起こるたびごとに、一段と厳しく困難で孤独なものとなり、危険をはらんだものとなるばかりであった。ほんとうに、ニーチェの詩「秋」のあの霧と同じように、ますます希薄になる空気の中に私を導いてゆくこの道が続いてほしいと望む理由は、私にはまったくなくなった。

ああ、それどころか私は、運命が、世話のかかる子供たち、最も扱いにくい子供たちのために定めておいたこれらの体験、これらの変化をよく知っていた。それを私はあまりにもよく知っていた。ちょうど、野心は強いけれどあまり獲物のとれない猟師が、狩猟の段取りを知りつくしているように、老いた相場師が、投機や儲けや相場の変動や暴落や倒産の段階をよく知っているように私は知っていた。これらすべてをほんとうに私は今もう一度体験すべきであろうか？　この苦しみのすべてを、この異常な困苦のすべてを、自我の低劣さと無価値の自覚を、敗北に対する恐ろしい不安のすべてを、このような死の恐怖のすべてを？　このような多くの苦しみのくりかえしを避けて、そっと逃げ出したほうがずっと賢明で、簡単なのではないか？……

私は今までにこのひどい苦しみを、たびたび、そして深く味わいつくさなければならなかったけれど、私が、一酸化炭素とか、髭剃りナイフとか、ピストルとかの助けを借りてこの苦しみをくりかえさずにすむというよろこびを、誰も私に禁ずることはできないのだ。そうだ、断じてできない。あの死の恐怖をともなう自己対決をもう一度、あの新しい自己形成、新しい人間化をもう一度最初からやり通すことを私に要求できる力など、決してこの世界に存在しないのだ。その目標と結末は結局、平和でも休息でもなく、ひたすらいつも新たな自己破壊であり、新たな自己形成にすぎなかったからである！

自殺が、愚かで、卑怯で、卑しいものであり、不名誉な、恥ずべき非常手段であろうとも、——このような苦しみの碾臼(ひきうす)から脱出するためには、どんな手段でも、たとえこの上なく破廉恥な手段でも、心から望ましいものであった。ここはもはや高貴な心映えとか英雄主義の出番ではなかった。ここでは私はちょっとした一時的な苦しみを選ぶか、計り知れないほど激しい、果てしない苦しみを選ぶかの選択に迫られていた。……

それが一年後にせよ、一カ月後にせよ、早くも明日になるにせよ、——門は開かれていた。

（＊一九二七年）

*

たくさんの手紙を受け取り、たくさんの人から援助や助言を求められる者のところには、現今、おだやかな愚痴や控えめな頼みごとをする人から、ひねくれた絶望感を激しい恨みを込めてふりかざす人にいたるまで、あらゆる人びとの悲惨な状況が途絶えることのない流れとなって押し寄せてきます。悲嘆、苦悩、貧窮、飢餓、故郷喪失など、たった一日のうちに郵便が私のところに運んでくるものを、すべて私が一身に耐え忍ばなくてはならないとしたら、私はもうとうの昔に生きてはいなかったでしょう。そして、しばしばひじょうに具体的でわかりやすいこれらの報告の多くは、そのいろいろな状況を私の眼前にまざまざと呈示するので、同情心をもってそれらの状況を想像して、実際にそれを理解し認めることは、私にとって大変つらいことなのです。私はこの数年来、このような人びとのひじょうな困窮のうちで、少なくとも私がいくらかでも手伝いのできるような場合のために、つまり慰めや助言や、物質的な贈り物で対処できるような困窮のためだけに、私の感情と理解力を残しておくということで満足しなければなりませんでした。

精神面での、あるいは道義面での助言を求めてくる手紙の中で、この悲惨な年月になってはじめて私の経験の領域に入ってきたある範疇の手紙があります。それらは、もう若くない、ときとしてすでに高齢の人びとからの手紙で、生活の外面的条件の苛酷さと苦しさが耐えられないほど増大したために、もともとそんなことを考えるような性格ではなく、これまでの生涯で決して考えたことのないようなこと、つまり、自殺によってこの悲惨な生活に終止符を打ちたいと考えるようになった老人たちからの手紙なのです。

若い、心のやさしい、少々詩人的で、少々感傷的な性質をもった人びとからは、もちろん、このような気分にあふれた手紙が前からずっと来ておりました。そういう手紙は私がもうよく知っていて、読みなれているものであり、これらの手紙の自殺をしたいという考えや、それどころか自殺をするという脅しの表明に対する私の返事は、ときにはかなりずけずけしたものとなり、無愛想なものにさえなりました。私はこれらの厭世家たちに、こう書いてやったのです。私は自殺を決して許容しがたいものとは思わないが、決行された自殺に対してだけ、ほかのあらゆる死に方に対すると同じように、敬意を表する価値があると思っている。しかし私は、厭世観や自殺の意図について会話することを、まったく彼らの望みどおりには本気に受け取ることはできないうえに、このようなことを話すこと自体、本来は許しがたい、かなり不躾(ぶしつけ)な、一種の「同情の強要」と考えると。

けれど今でも、頻繁ではないにせよくりかえし、これまで生活力があって、人生の試練に耐え抜いてきた人たちからも、意義もよろこびも美も尊厳もことごとく失われてしまったこの今の生活が重荷になる一方であり、耐えがたくなる一方であるため、私が自殺についてどのように考えているか知りたいという質問の手紙が来るのです。そしてそのような質問に対して、私はこのような手紙が伝えてくる苦しみを、心の底から真剣に考えて理解しなければ、どんな返事も書くことはできません。このような呼びかけに対する、私の返事のうちの数行をここに書きとめておきます…

五十を過ぎたひとりの男性が、冷静に、単刀直入に、自殺について私の意見を聞かせてほしいと頼んできた。彼は、仕事をし、重い責任を負っていた時期には自殺など一度も考えたことがなかったが、今ではあまりにも苦しく、あまりにも無意味で価値のなくなった生活から解放されるための唯一の手段であることがますます明白となり、避けがたいものに思われるようになったというのである。この人への私の返事の一部をここに書きとめておきたい。

「私が十五歳ぐらいのころ、私たちの教師のひとりが、自殺は道義的に見て人間が犯しうる最も卑劣な行為であると主張して、私たちをびっくりさせたことがありました。

私はそのときまで、どちらかというと、自殺するためには一種の勇気とある程度の反抗心と苦痛が要ると考える傾向がありました。それで自殺者に対して畏れの入りまじった敬意を抱いていました。ですから、当然のことのように主張されたその教師の言葉を聞いた瞬間、私はほんとうにびっくりしました。私はこの言葉に対して呆然とし、答える言葉もありませんでした。なんといってもこの言葉は、すべての理論とすべての道徳が認めるものであるように思われたからです。けれども、この茫然自失の状態は長続きしませんでした。私はまもなく私自身の感情と考えをふたたび信じる気持ちに立ち戻りました。

こうして私は自殺者を、私の生涯を通じて尊敬に値し、共感のもてる人びとであり、陰鬱であるにせよ、何か特別な性質をもつ人びとであり、あの教師が想像もできないような人間の苦悩を体験した人であり、私がひたすら愛するほかはない勇気と反抗心を身をもって示した人びとであると思ってきました。そして私が知っていた自殺者はみな、偏屈な性質をもってはいましたが、立派な、平均以上にすぐれた人たちばかりでした。そして彼らが弾丸を頭にぶちこむという勇気に加えて、教師たちや道徳から嫌悪され軽蔑される人間になる勇気と反抗をもっていたことは、私の共感をいっそう強めただけでした。

私の考えるところ、ある人間がその天性や教育や運命によって自殺することができず、自殺を禁じられている場合には、彼は想像の中で自殺という逃げ道にときおり誘惑されることがあっても、それを実行することができず、自殺は彼にとってあくまで禁じられたものでありつづけるでしょう。しかし彼らとは異なった境遇にある人が、自分の耐えられなくなった人生をきっぱりと投げ捨ててしまうとき、その人は、他の人びとが自然に死ぬ権利をもっているのと同じように、自殺をする権利をもっているのだと私は思います。ああ、自殺をした何人もの人の場合、私はその人の死に方を自殺以外のたくさんの死に方よりもはるかに自然で意義のあるものだと思ったほどでした！」

断章14（一九四九年）

＊

絶望は、人間の生活を理解し、それを正当化しようとするあらゆる真剣な試みの結果生ずるものです。絶望は、人生を、徳をもって、正義をもって、理性をもって耐え抜き、そのさまざまな要求を満たそうとする真剣な試みの結果生ずるものです。この絶望を知らずに生きているのが子供たちであり、この絶望を乗り越えたところで生きているのが目覚めた人たちです。

断章15（一九三〇年）

＊

私はしばしば、絶望がふたたび神の恵みとなり、皮を一枚脱ぎ捨てるごとに私たちの生活が新たな変化をとげるという体験をします。あなたが私を精神分析学者とおっしゃるのでしたら、私はこの体験をおおよそ次のように定義したいと思います。文化と精神と、それらの要求を重要なものと考えて、そのさまざまな要求に従って生きようとする試みはすべて、間違いなく絶望に行きついてしまいます。そうなった場合、その救済は、そのたびごとに私たちが主観的な体験と状態をあまりにも客観視しすぎたという認識からやってきます。そのようなとき、このように一切の状況をはっきりと洞察できる瞬間には、私たちはちょうど精神分析学者がひとつの夢を吟味するように、つまり、夢に現れた「具体的な」内容から魂の内容を導き出すように、私たち自身と私たちの生活を吟味します。分析者は、ここで一見動かないように見えるさまざまな対象とたわむれることを学びます。病気と健康、苦しみとよろこびなど、一見動かないように見える概念ともたわむれることを学ぶのです。これはあなたがたご自身がご存じかと思います。

絶望から救われたというこのような体験をしたからといって、もちろん新たな絶望に対する予防にはなりません。けれどもその体験は、どんな絶望も内面から克服できるということに対する信念を強めてくれます。私たちは「健康」になるのではありません。苦痛がなくなるのではありません（私も苦痛のない日などめったにありません）。――けれども私たちは、これから先も私たちを待ち受けているものに対して好奇心をもちはじめます。そして運命への愛（アモール・ファティ）を見つけるのです。

断章16（一九三〇／三一年）

＊

ふたたび明るいところへ出るためには、苦しみの真っただ中を、絶望の真っただ中を通り抜けて行かなければなりません。

断章17（一九五三年）

苦しい道——メールヒェン

峡谷の入り口、暗い岩の門のところで、私はためらって立ち止まり、振り返って、今来たほうを眺めた。

太陽は、その快い緑の世界に輝き、草原一面に茶色っぽい草の花が風に吹かれてきらめいていた。あそこは快適だった。あそこには暖かさと満ち足りた快さがあった。あそこでは魂があふれるばかりの芳香と光の中で、深く満足して、うぶ毛の生えたマルハナバチのようにうなりをあげていた。そして、そのすべてを捨てて山へ登ろうと思った私は、もしかしたら愚か者であったのかもしれない。

案内人がそっと私の腕にさわった。私は気持ちのいい風呂から無理やり飛び出すように、愛する風景から目をそらした。そして今度は、日の当たらない影の中に横たわる峡谷を見た。一本の細い黒い川が岩石の裂け目から這い出していた。その川の縁にはところどころに色あせた草が小さい束になって生えていた。川床にはいろいろな色の流石が、昔生きていた動物の骨のように色あせてころがっていた。

「休みましょう」と私は案内人に言った。

彼は仕方がないというふうに微笑んだ。それで私たちは腰を下ろした。そこは涼しかった。そして岩の門から、石のように冷たく陰惨な一陣の風が音もなく流れ出てきた。

いやだ、いやだ、こんな道を行くのは！　こんな気持ちの悪い岩の門を苦労して通り抜けたり、こんな冷たい川を渡ったり、こんな狭い険しい峡谷を手探りでよじ登ったりするのはいやだ！

「この道はひどそうですね」と私はためらいがちに言った。

私の心に、自分でも信じられない、非常識な、しかし激しい望みが、今にも消えてしまいそうな明かりのようにゆらめいた。もしかしたらもう一度引き返すことができるかもしれない、こんなことをすべてしなくても済むように案内人を説き伏せることができるかもしれない、という望みが。そうだ、ほんとうにどうしてそれができないことがあろうか？　私たちがあとにしてきたあの世界は、ここよりも千倍も美しくはなかったか？　あそこでは生活がここよりもはるかにゆたかに、暖かく、魅力にあふれて流れてはいなかったか？　そして私は、少しばかりの幸福を味わい、日の当たる片隅に生き、青空と花を、一目見る権利くらいはもつひとりの人間、無邪気で短命なひとつの存在ではなかったか？

いや、私はあそこにとどまっていたかった。私は英雄や殉教者を演ずる気などさらさらなかった！　私は、谷間の日の当たるところに居つづけることが許されたら、一生涯満足だったのだ。

早くも私は寒気を感じはじめていた。ここに長くとどまることは不可能だった。「寒いんですね」と案内人は言った。「行きましょう。そのほうがいいですよ」

そう言って彼は立ち上がり、背いっぱいに伸びをすると、にっこりして私を見つめた。この微笑には、嘲笑もあわれみもなく、厳しさもいたわりもなかった。そこにあるのは理解と洞察だけだった。その微笑はこう言っていた。「私はおまえを知っている。私はおまえの抱いている不安を知っている。そして昨日と一昨日のおまえの大言壮語を決して忘れてはいない。おまえの魂が今感じている、絶望のあまり臆病なウサギのように跳んで逃げたい気持ちも、向こうの愛らしい日光へ秋波（しゅうは）を送っていることも、みんなおまえがそうする前に私にはすっかりわかっているのだ」と。

そんな微笑みを浮かべて案内人は私を見つめ、先に立って暗い岸壁のはざまへひと足を踏み込んだ。そして私は、死刑の宣告を受けた者が、自分のうなじの上に振りかざされた斧を憎んだり愛したりするように、彼を憎み、愛した。けれど、とくに彼が何もかも知っていることを、彼が私の案内人であることを、そしてその冷静さを、愛すべき弱点の欠如を私は憎み、軽蔑した。そして彼を正しいと認め、彼を認めた私自身の中にあるすべてを、私自身がもつ彼と同じような性質すべてを、そして彼に従ってゆこうとした私自身の気持ちのすべてを私は憎んだ。

彼はすでに黒い川を渡り、石の上を歩いて私よりも数歩先にいた。そしてちょうど最初の岩角を曲がって私の視界から消えようとしていた。

「止まってくれ！」と、私は不安でいっぱいになって叫んだ。と同時に、こう思わずにはいられなかった。――もしここで起こっていることが夢であるならば、この瞬間に私の恐怖がそれを破って、私は目を覚ますだろうに、と。「止まってくれ」と私は叫んだ。「私にはできない。まだ決心がついていない」

案内人は立ち止まった。そして非難するでもなく、わかっているよというあの無気味な表情で、知っているよというあの我慢のならない表情で、予想どおりだ、前からわかっていたよという表情で、じっとこちらを見た。

「それじゃあ引き返しましょうか？」と彼は尋ねた。そして彼が最後の言葉を言い終わらないうちに、私は自分が「いいえ」と言うであろう、「いいえ」と言わずにいられないだろうということを知って、嫌悪の気持ちでいっぱいになった。と同時に、すべての昔ながらのもの、慣れたもの、愛するもの、なじみ深いものが私の心の中で必死になって、「はいと言え、はいと言え」と叫んだ。そして世界と故郷全体が、鉄の球のように私の足にぶら下がった。

そんなことはとても言えないとよくわかっていたのに、私は「はい」と叫びたかった。

そのとき案内人は手を差し伸ばして、うしろの谷間を指さした。そこで私はもう一度私の愛する土地のほうを振り向いて眺めた。そして、出会うことのできたもののうちで最も悲痛な光景を私は見た。愛する谷間や平野が、白々と力の抜けた日光の中に色あせて生気なく横たわっていたのである。色彩は調和を失い、コントラストがきつくなりすぎていた。影は煤（すす）のように黒くて、何の魅力もなかった。そしてすべてのものから、一切のものから、心臓が切り取られて、魅力と芳香が奪い去られていた。すべてのものが、とうの昔に胸が悪くなるほど食べすぎたもののような臭（にお）いと味がした。おお、私の愛したものと、快く思ったものを、私にとって何の価値もないものにしてしまい、それらの液汁とエッセンスを逃げ去らせてしまい、香気を不純なものにし、色彩をひそかに毒々しいものにしたこの案内人の、この恐ろしいやり方を、私はなんとよく知っていたことであろう。それをなんとひどく恐れ、憎んでいたことであろう！ああ、私はそれを知っていた。昨日はまだワインであったものが、今日は酢になったのである。そして酢はもう決してワインに戻らなかった。二度とふたたび。

私は悲しい思いで黙って案内人について行った。彼の言うことはやはり正しかった。いつもと同じように今も。少なくとも彼が私のそばの、見えるところに居さえすればよかった。――よくあったことであるが――あることを決断しなければならない瞬間に、突然姿を消して、私を独りぼっちにし、――それも、彼がそれから私の心の中の他人の声に姿を変えてしまって、その声と私だけを残して行ってしまうことがなければ、まだしもよしと思わなければ。

私は黙って進んだ。しかし、心は激しく叫んでいた。「とにかくそばに居てください。ついて行きますから！」

川の中の石はみなひどくぬるぬるしていた。足の下で小さくなって滑って逃げる幅の狭い濡れた石の上を一歩一歩たどって歩いて行くのは、疲れて、目のまわることであった。そのうえ、沢は急に上り坂になった。そして両岸の暗い岸壁はだんだん狭まってきて、不機嫌そうに嵩（かさ）を増し、その岸壁のあらゆる角が私たちを封じ込めて、永久に帰り道を閉ざしてしまおうという陰険な意図を見せていた。疣（いぼ）だらけの黄色い岩の上を、薄い膜状の水がねっとりとへばりつくように流れていた。私たちの頭上には天もなく、雲もなく、青空もなかった。

私は案内人に従ってひたすら進んで行った。そして不安と嫌悪感のあまり幾度も目を閉じた。道端に一輪の暗い色の花が咲いていた。黒ビロード色で、悲しげな目つきをしていた。それは美しかった。そして、親しげに私に話しかけた。けれど、案内人はますます足を早めた。それで私はこう思った。私が一瞬ここに足を止めたら、私がただの一目でもこの悲しげなビロードの目の中をのぞき込んだら、私の悲しみとやり場のない憂愁はあまりにも重くなり、耐えがたくなるであろう。そして私の精神は、それ以降、永久に無意味と幻想が支配して、私を嘲笑しているこの地域に釘づけになってしまうであろう、と。

水に濡れ、泥にまみれて私はなおも這って進んだ。そして、両側の湿った岸壁が私たちの頭上にますます迫ってきたとき、案内人は彼のいつもの慰めの歌をうたいはじめた。澄んだ、張りのある若々しい声で、一足ごとに拍子を取って、「イッヒ・ヴィル、イッヒ・ヴィル、イッヒ・ヴィル！（行くぞ、行くぞ、行くぞ！）」とうたった。彼が私を元気づけ、はげまそうとしていること、この地獄の旅のひどい苦しみと、絶望的な気持ちを忘れさせようとしていることが私にはよくわかった。そのうえ、その歌を私がいっしょにうたうのを待っていることもわかっていた。けれど、私はそんなことはしたくなかった。彼にそんな勝利を許したくなかった。だいたい歌などうたう気分になれたであろうか？　それに私はひとりの人間、神がとても要求できなかったような物事や行為の中へ意に反して引きずり込まれたひとりの哀れな単純な男ではなかったのか、どんな撫子(なでしこ)も勿忘草(わすれなぐさ)も、生えていた小川のほとりにとどまって、分相応に花を咲かせたり、枯れたりしてはいけなかったのか？

「イッヒ・ヴィル、イッヒ・ヴィル、イッヒ・ヴィル！（行くぞ、行くぞ、行くぞ！）」と案内人は根気よくうたいつづけた。おお、引き返すことができさえしたら！　けれど私は案内人の不思議な助けでとうにいくつもの岩壁と断崖をよじ登って越えていた。それらを越えて戻ることなど決してできなかった。嗚咽がこみ上げて、私の喉をしめつけた。しかし泣くことはできなかった。どんなことがあっても泣くことはできなかった。

そこで私は、反抗的に声を張りあげて同じ拍子と同じ音調で案内人の歌に合わせたが、彼の文句ではうたわず、たえず「イッヒ・ムス、イッヒ・ムス、イッヒ・ムス！（行かねば、行かねば、行かねば！）」とくりかえした。とはいえ、このように登りながらうたうのは容易ではなかった。まもなく私は息切れがして、あえぎながら歌をやめなければならなかった。ところが彼は「イッヒ・ヴィル、イッヒ・ヴィル、イッヒ・ヴィル！（行くぞ、行くぞ、行くぞ！）」とたゆまずうたいつづけたので、いつしか私も屈服させられて、私も彼の文句でうたうようになった。すると、登りが前よりも楽になった。そこで私は、やむを得ず行くのではなく、実際に行こうと思って登った。そして、うたうことで疲れることも、もうまったく感じなくなった。

するとと私の心はしだいに明るくなり、心が明るくなるにつれて、岩石も滑りやすいものはなくなって、乾いた、好意的なものになってきて、足が滑るのを助けてくれることもしばしばあった。そして私たちの頭上にだんだんと青い空が現れてきて、はじめは両岸の岩のあいだの細く青い小川のようであったものが、やがて青い小さな湖のように、しだいに大きく、幅広くなっていった。

私は登ろうとする気持ちをいっそう強める努力をした。すると空の湖はますます広がり、小道はだんだん通りやすくなった。それどころか、ときどき私はかなりの距離を楽々と、何の苦もなく案内人と並んで歩いて行った。すると突然、私は頭上間近に、陽光にあふれた空中に鋭くきらきらとそそり立つ山の頂を見た。

その山頂の少し下のところへ、私たちは岸壁の狭い隙間から這い出した。太陽がまぶしく私の眼にしみた。そしてもう一度眼を開けたとき、不安のあまり私の膝はガクガク震えた。なぜなら、私は、さえぎるものもなく、手掛かりひとつない険しい尾根の上に立っていて、周囲は果てしない天空と、青い無気味な深淵ばかりで、ただ狭い山の背が梯子のように細々と眼前に突出しているのを見たからである。けれどそこには、空と太陽があった。そこで私たちは、この胸を締めつけられるような断崖をも、唇をぎゅっと結んで、額にしわを寄せながら一歩一歩登って行った。そして頂上の陽光で灼熱した石の上に、厳しい、からかわれているかと思えるほど希薄な空気の中に私たちはほっそりと立った。

それは奇妙な山であり、奇妙な山頂だった！　あれほど果てしなく露出した岩壁を越えてよじ登ってきた山頂には、岩石のあいだから一本の木が、数本の短く頑丈な枝を生やした、矮小なずんぐりした木が生えていた。その木は、そこに、岩の中に、枝のあいだから冷たい青空をのぞかせて、想像もできないほど寂しげに、そして奇妙な感じで、たくましく、じっと立っているのであった。そしてその木のてっぺんに、黒い鳥が一羽とまって、しわがれた声で歌をうたっていた。

世界のはるか高みで、短い休息のあいだに見る静かな夢。太陽は明るく燃え、岩は灼熱し、虚空は峻厳に凝結し、鳥はしわがれ声でうたっていた。そのしわがれ声の歌は「エーヴィヒカイト、エーヴィヒカイト（永遠、永遠）」と叫んでいた。黒い鳥はうたった。そして、その黒水晶のようなキラキラ光る厳しい眼が私たちを見つめた。そのまなざしは耐えがたく、その歌も耐えがたかった。そしてなにより恐ろしかったのは、その場所の寂寥と空虚であり、荒涼とした天空の目もくらむばかりの広がりであった。死ぬことは想像もできないほどよろこばしいことであり、ここにとどまることは名状しがたいほどの苦痛であった。

この瞬間に、ただちに何かが起こらなければならなかった。さもなければ私たちも世界も恐ろしさのあまり石と化してしまったことだろう。私はその出来事が、雷雨の前の突風のように迫ってきて、燃えながら吹き寄せてくるのを感じた。私はそれが私の身体と心の上で燃えさかる熱のように羽ばたくのを感じた。それは迫ってきた。やってきた。そこに来た。

――急に鳥が枝から飛び上がり、宇宙空間に突進して行った。

私の案内人は一跳びで青空の中へ飛び込み、ピカッと光る空に墜落して姿を消した。いまや運命の波浪は頂点にまで達した。いまやその波浪は私の心臓を引きちぎったかと思うと、音もなく砕け散った。

そして私はもう落下し、墜落し、跳ね、飛んだ。冷たい気流の渦に巻かれて、私は幸せにあふれ、歓喜の苦しみに震えながら、無窮の中を通って母の胸へ矢のように突進して行った。

（一九一六年）

＊

苦しみがつのって耐えられなくなったら、ただちに前進することだ。

断章18（一九三〇年）

＊

発狂に対する恐怖は、たいていは生きることに対する恐怖、すなわち私たちが進歩するために私たちがなしとげなければならないものに対する恐怖、私たちの衝動が私たちに要求するものに対する恐怖以外の何ものでもありません。本能に操られるままの無意識な生活と、私たちがそうありたいと望み、そうなるべく努力するものとのあいだには、いつもひとつの深淵があります。その深淵に橋を架けることはできませんが、いつもくりかえし何百回でも跳び越えることはできましょう。そして跳び越えるたびごとに勇気が要りますし、跳ぶ前に少なからぬ不安に襲われるものです。あなたの感情の動きを抑制しないで、その動きを前もって、もう「狂気」などと呼ばずに、それに耳をすまして、それを自分ではっきりと理解してごらんなさい。進歩というものは、ことごとくこのような状態をともないます。心理的葛藤と苦痛なしには進歩はありません。「妄想」があなたを苦しめるときには、目を閉じないでその妄想をあなたの心眼でよく見つめてごらんなさい。そうでないとあなたは、誰の心にもあるのと同じような、あなたの心にある混沌（カオス）といっそうひどくいがみ合う結果になります。そうするのではなく、あなたは心の中の混沌（カオス）と友だちになって、それを受け入れ、それとつきあうことを学ぶべきです。もしあなたの心にあるものが狂気であったとしても——狂気はひとりの人間の身に起こることのうちの最悪のものにはほど遠いものです。狂気もまた神聖な面をもっているのです。

断章19（一九三七年）

＊

私は一般的に英雄的行為というものに対してむしろ不信感をもっており、それゆえストア学派に対しても懐疑的です。それで私は、私自身の生涯において、まれな例外はありますが（その例外のひとつは私の母が亡くなったときで、私は当時しばらくのあいだそれを現実のものとして認めようとはしませんでした）、苦しみの世界を通り過ぎるための最短の道は、苦しみの真っただ中を通る道だと考えてきました。すなわち、私は苦しみと運命の諸力に身をゆだね、そして苦しみのなりゆきを、苦しみそのものと運命の力に任せたのです。

断章20（一九三五年）

＊

没落などというものは存在しないものです。没落とか上昇とかが存在するためには、上とか下とかがなくてはならない。けれど、上とか下とかいうものなど存在しないのです。それはただ人間の頭の中に、つまり錯覚のふるさとにだけあるものなのです。すべての対立は錯覚なのです。白と黒も錯覚、死と生も錯覚、善と悪も錯覚なのです……あなたには没落と見えるものが、私には誕生と見えるかもしれません。どちらも錯覚なのです。地球が空の中の不動の円盤だと信じる人が、上昇だとか没落だとかを見たり信じたりするのです。——そしてほとんどすべての人がこの不動の円盤を信じているのです！

星そのものは、上も下もまったく関係ありません。

断章21（一九二〇年）

日記——ある病ののちに[1]

【一九二〇年十一月頃】

　こうしてもう一度地球と太陽が私のために回転し、今日も、そしてずっと長いこと、青空と雲が、湖と森が、私の生きている眼に映るのだ。もう一度、世界は私のものになる。もう一度、世界は私の心でその多声（ポリフォニー）のすばらしい音楽を奏でるのだ。この日に、私の人生という本の多彩な頁のうちの、今日というこの頁に、私はひとつの言葉をタイトルとして書きたいと思う。「世界」とか「太陽」とかいう言葉を、魔力にあふれ、響きに満ち、豊満で、この上なく充実し、比類なく豊富な内容をもつ言葉を、精神の完全な具現、完全な知を意味するひとつの言葉を、である。

　すると私はその言葉を、この日のための魔法の言葉を思いつく。私はその言葉を一文字ずつ大文字でこの頁に書く。MOZART（モーツァルト）。この言葉の意味は「世界はひとつの心をもつ。そしてその心は音楽という比喩の中で私たちに感じとることのできるもの」

である。

私はとても仕事がしたい。私はたしかに一日じゅう仕事をしている。つまり私は研究している。日記をつけている。おびただしい量の手紙を読んだり書いたりしている。新刊書を読み、絵を描き、デッサンをしている。——けれどもこれはすべて収集、準備、自己調律にすぎない。それはまだ仕事ではない。まだ凝縮していない。まだ作品ではない。仕事のできない時期、芸術的あるいは哲学的な仕事の緊張感もなく、精神集中のできない時期は耐えがたいものだ。

何カ月も前から、[2]私のインドを舞台にした小説、[3]私の鷹、私の向日葵（ひまわり）の花、主人公シッダールタは、失敗に終わったまま、ある章で中断している。行きづまってしまったこと、私が待たなくてはならないこと、何か新しいものがそのために来なくてはならないことがわかった日を、私はまだはっきりと思い出すことができる！　この小説のはじめはうまくいった。それはすくすくと成長した。そして突然、立ち往生してしまった！　このような場合を評して、批評家や文学史家は、エネルギーの衰弱とか、気力の枯渇とか、集中力の喪失が原因だと言う。——彼らが間の抜けた註釈をつけているゲーテの伝記をどれか一冊読み直してみたまえ！

さて、私の『シッダールタ』の場合は、事情は簡単だ。このインドを舞台にした作品は、叡知を探求して自分を責めさいなみ、禁欲する若いバラモンの気持ちなどは、私自身が体験したことを書いているうちはすばらしくはかどっていた。受苦者であり禁欲者である『シッダールタ』を書き終わり、そして勝利者、生の肯定者、克服者であるシッダールタを描こうとしたとき、それ以上筆が進まなくなってしまったのだ。――それでもなお私は『シッダールタ』を、いつかそれができる日にふたたび書きつづけるつもりだ。そしてその日には、彼は勝利者となるだろう。

【一九二一年一月頃】

このところドイツ帝国の学生組合の学生たちが、うまずたゆまず激しい気概と高ぶった怒りに満ちた弾劾の手紙を送ってくる。そして、私はこのような手紙の一通を、この操り人形のような連中の、偏狭で不自然で悪意のこもった手紙の中の一通を読むだけでいい。そうすると私は、自分がいずれにしてもどんなに健全であるか、私がどんなに彼らの神経にさわる存在であるか、どんなに彼らを興奮させ、どんなに狼狽させているか、つまり私の発言で、彼らが彼らにとって危険なものである思考、精神、嘲笑、想像などへの大きな誘惑を感じとっているにちがいない、ということなどがわかるのだ。そうは言っても、彼らの信念と手紙を生み出した精神、というよりはむしろ精神の欠如は、なんと哀れむべきものだろう。ハッレ[4]に住んでいるひとりの学生がこのあいだ手紙をよこした。そして自分自身と彼の学友たちが心底から、そして徹底的に私を軽蔑していることを表明したのち、自分の信条を披瀝した。——彼は数人のドイツ人の名をあげて、その人たちを信奉していて、その人たちを自分の行動の目標にし、模範として仰いでいると書いてきた。それは、カント、フィヒテ、ヘーゲル、ヴァーグナー[5]と、なお数人であった！ すなわち、ゲーテも、ヘルダーリーン[6]も、ニーチェも、グリムも、アイヒェンドルフ[6]もなく、音楽家のうちでは、モーツァルトも、バッハも、シューベルトもなく、ただヴァーグナーひとりなのである！ それはなんと単純で、貧しい、凡庸で、内容の乏しい精神の世界であろう！ ——だが我慢することだ！ シッダールタよ！

けれど、我慢することはむずかしい。忍耐は、精神にとって最もむずかしいものだ。それは最もむずかしいものであり、学ぶ値打ちのあるただひとつのものである。自然界のすべてのもの、あらゆるものの成長、平和、繁栄、美などはすべて忍耐に支えられている。それらは時間を必要とし、静穏を必要とし、信頼を必要とする。すなわち個人の一生よりもはるかに長い期間存続する事物があること、そして現象があること、個人の力では洞察することのできないさまざまな事物の関連があることを信じなくてはならない。「忍耐」と私は言う。それは信仰、神に対する信頼感、叡知、無邪気な心、素朴な心と言っても同じことだろう。

自分自身を少しでも知るために、私たちはなんと不思議なほど長い時間を必要とすることだろう。——そして自分自身を肯定するまでには、客観的な意味で自分に満足するまでには、なんとはるかに長い時間がかかることだろう！ それでもなお、なんとたびたび自分のことをいじくりまわし、自分と闘い、難問を解決し、葛藤を一挙に断ち切り、新しく自分自身と紛糾を始めなくてはならないことだろう！ こういうことについに終止符を打ったときに、ついに完全な自己認識に、自己との完全な調和に到達したときに、自己自身に満足して、完全に成熟した微笑みを浮かべて肯定できるときに、ついに私たちは目標に到達したのである。そのとき私たちは微笑んで死ぬ。それが死である。それが今回の生涯を全うしたことであり、無形の世界に積極的に入ってゆくことなのだ。そして、そこから生まれてくるのである。そこまで私はこの筋を考えることはできる。もはや生まれてこない段階、つまり真正の涅槃（ねはん）、その涅槃に到達してしまったという至福の境地を、私はその完全な意味においてまだ一度も完全に理解できず、想像できなかった。シッダールタは死ぬときに、「涅槃」ではなくて、新しい転生を、新しい姿形を得ることを、再生を望むであろう。

ああ、十種類、いや、もっと多くの日記を私はつけるべきだろう。三種四種をもう私はつけはじめた。一冊は「放蕩者の日記」、一冊は「幼年期を過ごした原生林」、一冊は「夢占いの本」である。さらに画家の日記がひとつ、音楽の日記、生きたいという衝動と死へのあこがれとのあいだの、古来の闘争についての日記、自殺者の日記、それからまたさまざまな考察を、つまり価値基準の探求について書きとめた日記、すなわち自分の個人的な考えを普遍的なものに、自然に、政治に、歴史に適用する試みを書きとめた日記などが要るだろう。それから、魂がたくさんの音をもち、二つの対立する極のあいだを揺れ動くさまをしばらくのあいだ書きとめるために、魂の円満さと多面性を何らかの方法で記録するために、あと三冊か四冊余分に日記をつけなくてはならないだろう。

そういうわけにはいかない。最小規模の日記でも厖大すぎる。最も簡単なものでも複雑すぎるのだ。手に指が二十本、一日に百時間なくてはならない。おお、十本も二十本も腕をもつインドの神々よ！　あなたがたはなんという真理の具現者であろう！

そして、この十冊の日記がまず書きとめられさえすれば、書くことだけでもできたらよいのだが！　ところが、まだ眠ってもいないし、夢も見ていない。まだ絵を描いてもいないし、音楽の演奏もしていない。友情、愛、飢餓、性生活、人生の多様性もまだ体験していないのだ。――だめだ、一日に千時間ほしいところだ！

もちろん程を知るということもできる。もちろん技術を錬磨して可能性の限界にとどまることもできる。――けれど私が試みた基準ときたら、どれもすべて、学校教師がゲーテを評価するときに用いるあの基準に似たりよったりの代物なのである。――それにいったい、自分にできることだけをすることに意義があるのだろうか？　まったくささやかな芸術作品でさえ、たとえば鉛筆のスケッチで六本の線を引いたり、四行の詩句を書いたりすることさえすでにあつかましく、無茶で、不可能なことを実現しようとする試みであり、中途半端で、混沌をクルミの殻の中に閉じ込めようとするに等しいのに！

それが芸術家の苦しみだ。ひとつの作品を、一篇一篇の詩を、一幅の絵を、一巻の長篇小説を忍耐強く、勤勉に、愛情込めてつくりあげる――そうしているあいだにも、世界は回転しつつ運行し、時々刻々ゆたかになり、内容と多様性を増す――それでも彼は、今のところ彼の細い糸のところにとどまり、彼の作品を、このただ一本の貧弱な糸を紡ぎつづけなくてはならず、毎日毎時間おびただしい量の夢や考えや思いつきをおさえつけるか、彼が望んだものの千分の一も表現していないひとつの貧弱なメロディーを作曲しつづけなくてはならないのだ！

芸術家を造形へと駆り立てるこの衝動は、恐ろしいものだ。恐ろしいものであると同時に、すばらしいものである。そしてこの衝動は、回を重ねるごとに、作品をつくりあげるたびに、大きくなる一方であり、芸術家にとって逃れられぬものとなり、その衝動が造形のために断念せよと要求するものの数は増えるばかりであり、衝動の勢いはますます強く激しいものとなる一方なのである。

そしてそれから、その成果となると！　私はいわゆる「成功」のことを、物書きたちがそれに下す評価とか、市民の称讃とか、おてんば娘のファンレターのことを言っているのではない。——このような人びとの誤解は、滑稽であるし、まだしも我慢できるものである。——そうではなくて実際の成果、いまやついに芸術家の前に置かれて芸術家を見つめている「作品」そのもののことを言っているのである。ちっぽけで、作者を嘲笑しているようなつまらないものであるだけでなく、無に等しいものなのである！　自分のつくりあげた作品を愛する芸術家がいるということであるが、——どうしてそういうことができるのだろうか?!

私たちが文学作品を作者の告白と解釈すると——そして私は現在のところ文学作品を告白と解釈することしかできないのだけれど——その場合には、芸術作品は多様な表現の可能性をもつ、紆余曲折した一本の長い道であることがわかる。そしてその道の目的地は、芸術家の個性、芸術家の自我を完全に、多岐にわたって、あらゆる細部にいたるまで表現しつくすこと、この自我が最後にはいわばもう存在しなくなり、姿を消してしまうまで、すなわち自我が存分に荒れ狂い、燃えつきてしまうまで完全に表現しつくすことであろう。それからそれに続いて、その燃えつきた自我よりも高いもの、つまり超個人的なもので超時間的なものが獲得されるだろう。芸術は克服され、芸術家は聖者になる段階に到達するであろう。芸術作品を創作するということは芸術家自身の人格に関するかぎり、懺悔、あるいは精神分析の役割とまったく同じ役割を果たすことになるであろう。

このような役割を、晩年のニーチェの全作品、ストリンドベルイ[8]の何冊かの告白書、フロベールの手記は果たしたのであった。この場合、芸術家の創作の目標と目的は、芸術、すなわち作品ではなくて、芸術家の自我の廃棄、すなわち、偏狭でコンプレックスと苦悩にとらわれた自我を放棄し、投げ捨て、魂の平安と崇高な心情を獲得することにあろう。その目標は、世界と時代にもはや個人として反応することのない、(個人を超越した自我、聖者になること、つまり)その心の中で世界の無秩序が、秩序とハーモニーに変わり、その呼吸が神の出入りするものとなる個人を超越した自我に、聖者になることであろう。

ただ、芸術家が聖者になるこの道、すなわち告白と懺悔を通じて、神の中での休息に到達する道がほんとうにひとつの道であるかどうか、そういう道がありうるかどうか、それを人がたどれるかどうか、その道が目標に通じているかどうかということは問題である。私にはわからない。

そして私自身がまさにこの道をたどり、たどらざるをえないにもかかわらず、私はそれに対して大きな疑いをもっている。ひとりの人間が、自分の「無意識」の表現のすべてがもつ重要性と大きな意義に魅了されて精神分析に没頭するように、告白を書いている芸術家は、ひと吐きごとに順々に自分の一部を吐き出して、自分のことを語りつくし、自分自身をうまずたゆまず破壊しては破片を吐き出すことによって、まさに自分自身の制約を受けた自我の網の中にますます深く吸い込まれ、自分自身の問題、自分自身の苦しみ、自分自身のコンプレックスの中にますます深くはまり込んでゆくことになるかもしれない。

そしてこれは、私のすでに述べた目標とは正反対の方向に芸術家を導いてゆき、芸術家をまさに聖者とは正反対のものにしてしまうのである。(ついでに言っておくが、私は「聖者」をキリスト教の専門用語の聖者とは部分的に異なった意味で用いている。聖者とは信心深い正しき人ではなくて、とくに敬虔な人、神の意志に逆らわぬ人、彼が感覚を通して知覚する一切のものを、神の意志から生じたものとして、すなわち不可避なものとして、つまり、敬虔な気持ちで受け入れることのできる人であり、相対立する二つのものを不可分一体のものとして見、どんな見解も、同時にまったく対極的な見解と同等の権利をもつものとして認めることがつねにできる人であると私は考えている)。

難点は、芸術家が自分の告白に意識的にどんな意味をつけようと同じことで、芸術家の告白は、多分どんな場合でも、純粋の懺悔ではないであろうという点にある！純粋の懺悔は、たんに煮えたぎっている心身のエネルギーの噴出現象であり、懺悔者の側から見ればエネルギーの解放、放出、排出行為である。それに対して芸術家の告白は、いつも、そして確実に、自己の正当化になりがちである。懺悔は芸術家に過大評価されている。芸術家はこの世のほかのどんなものにもまして、懺悔に愛情と配慮を傾ける。

そして告白は、率直なものになればなるほど、綿密で完全なものになればなるほど、仮借（かしゃく）のないものになればなるほど、それだけいっそう、もっぱら芸術に、完全な作品に、完全な自己目的になるという危険に陥ることになる。芸術家はつねに自分の告白の中に溶解してしまい、そして彼の任務と仕事全体を自分の懺悔と見なし、そうすることによって、いつも自分の個人的な関心事という魔法の輪の中で堂々めぐりをする傾向がある。なぜなら、ただでさえ芸術家というものは、自分の作品の意義を過大視しないではいられない人間だからである。なぜなら、彼は自分が生涯をかけてなしとげたことすべてを、それとともに自分自身の正当化の作業すべてを、生活から切り離して、自分の作品に投入したからである。聖者の告白と文人の告白とを比較されるがよい。

ただちにその相違が、たとえばアウグスティヌスとルソー[9]の相違が明白になる。前者は神に帰依したがゆえに自己を放棄している。後者は自己を正当化している。同一の動機から出発して、この両者はまさに正反対の極に到達している。前者は聖者の領域に、後者は詩人の領域に。前者は自分の個性を超克して偉大な人間となり、後者はいぜんとして自分のコンプレックスのとりこであり、他人の興味をそそる人間の域を出ていないのである。

私の感じるところでは、ストリンドベルイがまったくルソーに近いのに対して、ニーチェは、アウグスティヌスとルソーのちょうど中間に位置する。もちろん芸術家である私にとっても、古い（アウグスティヌス流の）、明確で簡単な道のほうがよりよい道であろう。つまり、経験的な自我の、即座の、そして仮借のない放棄、イミタツイオ・イエズー（キリストの学び(まね)の道）である。なぜ私がこの簡単な道をたどらないか、なぜこの道が（永久にであれ、一時的なものであれ）私には閉ざされているのか、私にはまだわからない。――私の生活は、それによって現在よりもっと難儀なものにならず、もっとむずかしいものにはならず、苦しい問題をはらんだものになることはないであろう。それなのに、あの古い道は私には開けていないのである。それとも、まだ今は開かれていないのである。そして、それでも私には、その道が聖者へと続く道であり、聖者はとにかく私にとって最も揺るがぬ、最も魅了する手本であることがわかっているのである。

もし私がたとえばカトリック教徒のように、堅実な宗教的伝統の中で成長していたとしたら、私は終生その信仰をもちつづけたことであろう。けれども私が、熱烈に宗教的ではあるが徹頭徹尾プロテスタントの一分派に属する信仰をもつ家の出であることは、私の素性と運命の一要素なのである。そしてそれはもちろん偶然のことではない。――私がそれを望んだのである。私は自分でこの素性を、この信仰を、宗教的孤立主義の精神と、信仰更新主義の精神を選びとって、生涯の重荷として背負い込んだのである。そして私の生まれたときに、土星と火星、木星と月が空に現れており、そしてそれ以外にはあり得ず、あることを許されていなかったように、信心深い敬虔主義者の父と、プロテスタントの洗礼盤が私のために用意されていたのである。確固たる宗教の正しく美しく健全な信仰の快適さとよろこびを生きる支えにできることなどは、私の定めではなかった。それは私の人生行路のプランには入っていなかった。反逆的な、過激な一宗教の中で、私が最初の思考力のめざめとともに、自ら破壊せずにはいられなかった、不幸な、短命な、自己破壊的な一宗教の中で成長することは、私にとっては避けられないことであった。そうなのだ。私がそれを望んだのである。私は、私の身体、私の祖国、私の言葉、私の弱点と才能と同様に、それを自ら背負い込んだのである。

もう二十年になろうとしている私のインド研究は、今、新しい発展の段階に到達したように思われる。これまでは、私の読書、探求、関心の対象は、もっぱらインド哲学、ヴェーダ[10]と仏教の純粋なインド精神思想に限られていた。このインド世界の中心をなすものは、ウパニシャッド[11]と仏陀の説話であった。今はじめて私は、ヴィシュヌ[12]とインドラ[13]、ブラフマン[14]とクリシュナ[15]等々、多くの神々を信じるインド本来の宗教に近づくようになった。

こうしてしだいに私には、仏教全体がまさにキリスト教の宗教改革に当たる、いわばインドの宗教改革だと思われるようになった。仏陀はルターよりもはるかに深遠な思想をもった人であるけれど、今では私には（もちろんそれまでの宗教と僧侶支配の制度とバラモンとの関係に関してだけであるが）、ルターとひじょうによく似ているように思われるのである。そして仏教という大波のなりゆきは、ヨーロッパにおける宗教改革のなりゆきとひじょうによく似ているように思われるのである。両方とも、信仰を精神的なものにし、内面化することに始まり、個人の良心が最高の審判者となる。礼拝の形式や、神の恩寵の購買の可能性や、呪術と生け贄の儀式は廃棄され、僧侶階級は勢力を失い、個人の思考力と良心とが権威に反抗する。しかし一方では、攻撃されて衝撃を受けた古い宗教は、時とともにその内部で自己改革し、自己更新を行う。そして新しい教義がかなり急速に摩滅し、堕落して、ふたたび教会組織および民衆のあいだに広く伝播した宗教となってゆくうちに、古来の素朴な宗教が、耐久力のある宗教であることを発揮して、新しいエネルギーを獲得する。数世紀ののちに、プロテスタントの教会が堕落し、落ちぶれて、たんなる祭祀機関となり、形骸化するように、仏教もこれに似た経過をたどって、古い神々の国から殺到する新しい祭儀と心霊の世界の大波を受けてふたたび沈没してしまうのである。

仏教が追放したヴィシュヌとインドラが帰還する。おびただしい神々が続々と生まれて、変身し、ゆたかになり、崇められ、活気あふれる巨大な芸術作品によって讃美された。そして、一時期のあいだ、世界の救済と僧侶支配の終焉を意味していた仏教の純粋で静観的ですぐれた神聖な教えは、しだいに誰もその存続に腹を立てなくなり、その教義と祭祀に民衆がまったく関心をもたなくなった、目立たない、世間の邪魔にならない宗教となってゆくのである。インドでもヨーロッパでも、両方の場合とも、この多神教を否定する（古い宗教よりも）一見はるかに純粋で、精神的で、反逆精神をもつ宗教は、ついに宗教としては繁栄することができず、それは哲学に、学問に、弁証法になるのである。しかしカトリック教会は、明らかに宗教改革を乗り切るのに大成功を収めたが、今日までバラモン教ほどの復活能力はとても見られなかった。

カトリックの宗派がプロテスタントよりも、インドの多神教が仏教よりも有利であるのは、たとえばその様式美、すなわちそれが具象的で、華やかな礼拝形式をもっているせいだけではない。とりわけ、教義が融通性と具象性を、はるかに大きな適応能力をもっているせいである。改革派の厳格な信仰は、自我の放棄を要求するが、それができる者はわずかである。そしてこの少数の人びとでさえ、始終それができるわけではなく、崇高な気分をもつときだけである。が、それさえかなりまれである。

私の自我、私の欲望と願望を犠牲にすることは、私はまれにしか、そして不完全にしかできない。けれども喜捨や祈禱や、花束を捧げたり、舞踊したり、ひざまずいたりすることはいつでもできる。そして運のよいときには、この一見、形式だけで、原始的で、機械的な供物が、私の帰依の心と一体になることもあろう。カトリックの神の礼拝は、いつ、何どきでもできる。カトリックの司祭は、ミサ用の祭服さえまとえば、ただちに司祭になれる。ルター派の神の礼拝は、そもそもルター派の教義自体と矛盾するものであり、牧師は聖別されたものではない。そしてプロテスタントの牧師は、長いめんどうな説教で、自分が牧師であることを証明しなくてはならないが、誰も彼が牧師であることなど信じないのである。そしてこういうわけで、いずれにせよ、プロテスタント的な性格をもつ宗教はどんな宗教でも、信者を、神仏に対する劣等意識にもとづくやましい崇拝をするようにしつけるのである。

【一九二一年二月十七日頃】

今朝がた、私は異常な夢を見た。異常というのは、私の覚えているかぎりでは、これまで深淵に墜落する夢を見たことはあっても、墜落したあとも目が覚めなかった夢は一度も見たことがなかったからである。そして今回の夢では、私は目を覚まさなかった。少なくとも完全には目が覚めなかった。それは、こういう夢であった。私はかなり大勢の人びとといっしょに、数頭引きの馬車に乗って、ある国道を走って行った。

私たちはこの街道が大きくカーブしているところに来る。すると突然、私は馬がいっせいに道に沿って曲がらずに、一直線に走って、垂直に、深淵に墜落するのを見るのである。この瞬間に、私たちももう、空中を落下していた。私たちは恐ろしく緊張して奈落の底に叩きつけられる瞬間を待っていた。空中を落下するのは長いことかかった。それから乗客のうちの誰かが、「今だ！」と言った。そして私たちは底に衝突して、私は意識を失った。私は、自分は生き延びるであろうが、もちろん無傷では済むまい、と感じていた。そしてこの失神から覚めたとき、自分の気分はどうなっているのかと、緊張し、不安におびえながら待っていた。それから、私はまったくゆっくりとしだいに目を覚ました。そして目が覚めるにつれて、自分が病気にかかって身体が麻痺しているという不快な感じがつのっていった。

今日久しぶりに、またひとりの人間が私のところにやってきた。私は薪を節約するために、身体を温めるために、食後に恒例の散歩をしてきたところであった。音もなく降る雪の中で、二時間ほど散歩をしたあとであった。そして家に帰って、暖炉に火を燃やして考えた。「私はまたここにすわっているが、ベルリーンであろうと、アメリカであろうと、とうの昔に死んでいたとしてもまったく同じことだ。私の行動と生活は、誰の役にも立たない。それは孤独で、自分の殻の中に閉じこもっていて、何の成果も生み出しはしない」と。

するとドアをノックする音がした。私は少々無愛想な顔をして出て行った。ひとりの見知らぬ婦人が外に立っていて、私が在宅かと尋ね、入ってきたが、名を名乗らず、暖炉の前に腰を下ろすや、すぐさま話を始めた。彼女はどうしても懺悔をしたかったのである。彼女は『デーミアン』を読んだので、私のことを知っていた。彼女は自分の結婚生活の話をした。たった今、夫のところから逃げ出してきたところであった。ほとんどのことは私が知っていることであったが、ほかのことは初耳で、奇妙な話であった。三時間くらい彼女はすわって、ときどきひどくつっかえながら、そしてため息をつきながら話をした。私はほとんど何も言わずにただ耳を傾けて、最後に、苦しんでいる人が必要としている優しさを込め、慎重に言葉を選んで彼女に話をした。それから彼女は明らかにほっとした様子で帰って行った。そこで私は、私の午後がやはり無駄に過ぎたのではなくて、何らかの実を結んだのだと、今思うことができた。

けれどどんな形にせよ、懺悔聴聞僧とか司教者になることほどむずかしいことはない。いつも懺悔を聞いてもらいたいという欲求をもった人びとが私のところへやってくる。けれど私にとってそれを聞くことは、しばしばむずかしいだけでなく、まさに昔の自分に逆戻りさせられて、自分が参ってしまうのである。

要するに実際には、もしひとりの気の毒な人が私に身の上話をしたとき、私は次のようなことのほかは何も言えないのだ。「そうです。それは悲しいことです。人生はしばしばそれほど悲しいものなのです。私はそれを知っています。私の場合もやはりそうでした。それに耐える努力をしなさい。そしてまったく役に立たないときは、ワインを一本飲みなさい。そしてそれも役に立たないときには、頭に一発弾丸を打ち込むこともできるのだと考えなさい」。そういうことを言うかわりに、私は慰めを与えるような意見と処世哲学を披瀝することを試みるのである。そして、たとえ私がほんとうにいくらかの真理を知っていても、その真理を量り売りする瞬間には、それを声に出して言い、現実の、焦眉の苦しみの治療薬として、その真理を量り売りする瞬間には、それらはすべてかなり理論的で、空疎なものになってしまう。そして突然、いつもの決まり文句で自分の信者を慰めながら、それと同時に何か職人仕事をしているような惨めな気持ちになる牧師のような気がしてくるのである。

去年一九二〇年は、私の生涯で最も不毛な年であった。そしてそれゆえに、最も痛烈な運命の打撃を受けた年ではなかったのに、最も悲しい年であった。今、この一九二一年という新しい年も、去年と変わらぬ調子で続いている。このようなことがらについて占星術がどんなに当たるものであるか、少なくともエングラート[16]のような人がやる場合には、もう不思議というほかはない。占星術的に見ると、私はいわゆる重い衝(しょう)[17]をもっていて、それはまだ長いあいだ続き、そして私の生活において重い心理的圧迫と、抑鬱症という形をとって現れるというのである。この生活を続けて行くことが、この生活を投げ捨ててしまわないことが、ときどき私にはひどくむずかしく思われる。この生活はそれほど空しく、不毛なものになってしまったのである。二年前は、私の最後の最盛期であった。

一九一九年の九月までは、私が最も熱中して勤勉に創作し、充実しきった、成果豊かな時期であった。一月に私は、『子供心』を完結し、その同じ月の三昼夜のうちに『ツアラトゥストラの再来』を、すぐそれに続いて一幕もの『帰郷』を書いた。この期間、私の生活は多端を極めていた。妻は精神病院に入院しており、四月には妻や家族と別れてベルンを引き払った。内外ともに心配事と難儀なことでいっぱいであった。しかし私はテッスィーン[18]に落ち着くか落ち着かぬうちに『クラインとヴァーグナー』を書きはじめ、それが終わるか終わらぬうちに『クリングゾルの最後の夏』を書き、そのかたわら毎日毎日数百枚の習作画用紙いっぱいに絵を描き、スケッチをし、たくさんの人びとと盛んにつきあい、二つの情事をし、多くの晩に酒場(グロット)にすわってワインを飲んだ。——両端から同時に私のロウソクは燃えていたのである。

そして今、私は、ほとんどこの一年半ぐらいのあいだ、カタツムリのようにゆっくりと時間とエネルギーを節約してきている。たくさん仕事（機械的に文通、習作、読書、書評など）をしているけれど、創作はしていない。炎がまったく低くなっているのである。おもしろいことに、まさにこの不毛の一九二〇年に私のたくさんの出版物が続々と刊行されている。人びとは私にお祝いを言ったり、このような多忙ぶりに驚いて首をかしげている。けれど、これらの作品はずっと以前に創作したものである。実際には今年は数篇の小論文と、立ち往生したままになっている『シッダールタ』の第一部のほかは、何も創作していないのである。

今日はまたしても、ミュンヒェンの医者で、ディレッタントの詩人である男から一通の喧嘩腰の弾劾書が届いた。それは私を攻撃する文学的キャンペーンを開始することを宣言し、いつものように私を厳しく非難するものである。この男の直接の動機は私にははっきりわかっているものの、——彼は一年前ルガーノに滞在したとき、私に取り入ろうとして、はねつけられたのである——そもそもこのような手紙を書いてよこすというメンタリティーが私には理解できないので、それがまだ私の心を悩ましている。それは、このようなかなり無礼な手紙に対する怒りや不快感が、やはり私の心にわだかまっているからである。こうした手紙はみな一様に、私が勢力をもち、名誉を得ること、すなわち「指導者」たらんとすることなどを目標にしていると想定している。そしてこのような思いちがいは、一部「ウィーウォス・ウォーコー」[19]での私の活動を誤って解釈していることからきていることも、今私にはわかっている。けれどもこういう手紙を書くメンタリティーについての謎は、やはりまだすっかり解けたわけではない。そして私がこのような手紙を笑って済ますことはできても、やはりときどき煩わしいと思うことがあるのは、私の側にも落ち度と誤解があるからにちがいない。

そもそも私は、ほんとうにこのような人びとの生きている世界全体から、文学、政治、ジャーナリズム等々の喧噪と競争全体から、その世界の言葉がまったく理解できないほどはるかに遠ざかっているのであろうか？　そんなことはほとんどありえない。あの世界とまったく関係がなくなってしまったとはいうものの、私は彼らを知るには充分に長いあいだその世界の空気を呼吸してきた。私は、あの世界からやってくる一切のことに、本気になってとりあわず、憫笑することができなくてはならず、そして一分後にはもう忘れてしまっているべきなのである。

なぜそれができないのか？　私がひとつの落ち度、コンプレックス、誤った考えをもっているせいであろうか？　それともそれらの人びとの攻撃が私の心の原罪意識、人間が心の底にもつ悲しみに触れるせいであろうか？　たとえば私たちがひじょうに悲惨な生活とか、恐ろしい病気にかかった人とか、煤で汚れたみじめな工場の町などを見るときに、「生命などやはり値打ちのないものなのだ。いっそこの世に生命など存在しないほうがましではなかろうか」という感情に誰もが襲われるものである。

私はあの人びと、あの手紙の主たちが、私をどう考えているかということについて、よく考えてみた。そこで私は、「指導者」たらんとする野心はまったくもっていないけれど、芸術家の野心、あるいは虚栄心はもっていないわけではないことがわかった。そしておそらく、そこにひっかかりがあるのだろう。私が、私の本質的性格と世間に対する私の立場を表明したり、言葉で表現したりすることに熱心に努力したにもかかわらず、これほど徹底的に誤解されることがあるという事実が、私を失望させるので、ただそれだけの理由で、私の自我の一部がそれらの人びとの攻撃で傷つくのかもしれない。

仏教徒は涅槃について議論することを禁じられている。涅槃が個人の消失であるのか、神と一体になることなのか、受動的な状態か、積極的な行為か、至福の状態か、たんに休息を意味するのか、そういうことについて語ることを仏陀は拒否し、そして禁じた。私も、このようなことを議論することは無益であると思う。私の理解するところでは、涅槃とは、個人が不可分唯一の全体の中に戻ってゆくことであり、「個人生成の過程」の逆に向かう救済の歩みである。すなわち、宗教の言葉を借りると、個人の魂が万象共有の魂へ、すなわち神へと帰ってゆくことである。

　もうひとつの問題は、私たちがこの再帰を渇望し、求めるべきか否か、それを仏陀の歩んだ道をたどってなすべきか否かということである。もし神が、私を世界の中に放り出して個体として存在させるなら、私の任務はできるかぎりすみやかに、簡単に、万有の中に戻ってゆくことである。それとも、私はむしろ神の意志に任せて生きてゆくことによって（『クラインとヴァーグナー』で私はそれを「運命に身をゆだねる」[20]と表現した）、すなわち、くりかえし分裂して個体となり、その個体の存在を生き抜くことを私たちに要求している神の欲求を、神の導きで満足させることによって、神の意志を遂行すべきであろうか？

　この点で今日では、仏陀の教えの純粋な論理的特質が、私にはもはやそれほど完璧なものとは思われないのである。そしてまさに、私が青春時代に仏陀の教えで讃嘆したものが、今では私には不満に思われる。すなわち、この教えの論理性と無神論、この不気味なまでの精密さと、神学の欠如、神の欠如、神への帰依の欠如である。仏陀は（自分ではたしかに信じていた）再生の問題と、涅槃をまったく度外視しているので、私はまさにこの点で、実際キリストのほうが仏陀よりも一歩前進しているように思われることがしばしばある。

ガルベ[21]によれば、インドには六つの哲学体系があるが、この六つの学派はすべてひとつの錯誤に、すなわち魂の転生の信仰にもとづいているということである。つまりこの教授殿は、数千年間、最も賢明な人びとが考え信じてきたことを、おだやかに微笑みながらばかげたことだと宣言しているのである。それでもなお、私はガルベの主張を読みつづけた。いつでも何にでも少しケチをつけたがる彼の気性をすでに知っていたからである。

すると、次のような、つまりガルベは、私も十年前に読んだことのあるサムキヤ[22]の教えを短く引用した部分に涅槃の機械論的な経過を正確に記述していたのである。そして私はただちに、（ガルベも推測しているように）仏陀が実際この教義を知っていたことは、多分にありうることだと思ったのである。サムキヤは、ふたつの原理を、すなわち、始まりと終わりをもたぬ二つの事物、すなわち物質と霊魂を認めている。私たちが、少し誤って魂そのものと見なしている私たち人間に内在するきわめて繊細な器官（それは神経組織なのである）が、肉体と霊魂のあいだの媒介のはたらきをする。ただ肉体においてのみ変化が起こる。一切の事象は徹頭徹尾、肉体においてのみ進行する。霊そのものは、つねにそれ自体まったく変化しない。

私は「区別すること」を学ぶことによって、すなわち一切の事象が私の魂とはまったく関わりのないことを、私が、私の体内にあるあの器官を私の真正の自我と取りちがえているということを洞察することによって、いまやよろこびと苦しみを克服して、乗り切ることができる。私がそれを認識し、その認識に従って生きるならば、私はふたたび生まれてくることはない。なぜなら、肉体から魂が離反すると同時に意識が消失し、私の魂は永遠に存在しつづけるが、意識をもたないのである。それゆえ私はもう何も感じない。そして私自身と肉体のあいだのコンタクトは（切断され、それゆえ、私と私の再生の可能性とのあいだのコンタクトも）切断されるからである。

簡単に、明確に表現されてはいるが、実際には比類なく綿密に考え抜かれた、このサムキヤの心理学について熟考し、そのあいだにときおり瞑想することは、この数日来、私を珍しく楽しませた。私はこの数日のあいだに、「いつか、心よ、おまえは休むだろう」[23]という詩をつくった。

いつか　心よ　おまえは休むだろう
いつか　最後の死を遂げてしまったときには
静寂の中におまえは入ってゆき
夢を見ずに　昏々と眠るのだ
おまえの小舟が　嵐から嵐へと
追い立てられて海上を漂うとき
しばしばおまえが近づきたいと切望する
はるかな港が黄金の闇から手招きする
けれどおまえの血はおまえを赤い波に乗せ
行為と夢でおまえを揺すっている
心よ　まだおまえは生きる欲求と情熱に燃えている
高く聳える宇宙樹から
木の実と蛇が　抗しがたい魔力をもって
おまえを願望と飢えへと　罪と快楽へと誘い
幾百もの声の歌が　おまえの胸を通して
優美な虹のたわむれを演じる
愛のたわむれが　快楽の原始林が

おまえを歓喜の痙攣へと招き
そこでおまえは陶酔の客となり　動物となり神となり
際限なくぴくぴくと興奮と弛緩をくりかえす
芸術が　静かな魔術師が
おまえを至福の魔術でその輪の中へ引き込み
死と悲しみの上に多彩なヴェールをかけ
苦しみを快楽に　混沌を調和に変える
精神は至高のたわむれへといざない
星辰（せいしん）と対置させて
おまえを世界の中心に据え
おまえのまわりに宇宙のコーラスを配置する
動物と原始のぬかるみからおまえに至るまでおまえがたどってきた
ゆたかな先祖をもつ進化の道を　精神はおまえに示し
おまえが自然の目標であり終着点であることを知らせる
それから自然は暗い門を開けて
神々を解明し　精神と衝動を解明し
精神から感覚の世界が展開されるさまを

終わりのないものがくりかえし新たな形になるさまを見せる
そして精神がたわむれる泡沫に返してしまう世界を
精神はあらためておまえにとって好ましいものとする
おまえこそ世界と神と宇宙を手に入れたいと夢見る者だからだ

血と衝動が身の毛もよだつことをする
薄暗い地下の通路にも
不安から陶酔が　愛から殺人が花咲き
犯罪から湯気を立てて狂気が燃え立つ
その場所へ通じる小道が開かれている
夢と行為を分ける境界の石はない
これらすべての道をおまえがたどろうと
これらすべてのたわむれをおまえがたわむれようと
おまえは見るだろう　どの道にも新しい道が
もっと誘惑的な道が続いていることを
財産と金銭はなんとすばらしいものだろう！
財産と金銭を軽蔑することはなんとすばらしいことだろう！

あきらめて世間から目をそらすことはなんとすばらしいことだろう！
世界の魅力を得たいと熱望するのはなんと良いことだろう！
神のところへ昇るのも　動物のところへ戻るのも
いたるところで幸せがはかなくパッと燃え上がる
ここへ来い　そこへ行け　人間となれ　動物となれ　木となれ！
世界の多彩な夢は尽きることがない
おまえの前にははてしなくつぎつぎに門が開かれている
どの門からも生命の満ちあふれる歌声が鳴り響く
つかのまの幸せが　甘い香りが
どの門からもおまえを誘い　どの門からもおまえを呼ぶ
不安に襲われたら　あきらめを学べ　徳を行え！
一番高い塔に登り　飛び降りよ！
だが知るがよい　どこでもおまえは客にすぎぬことを
快楽でも苦しみでも客　墓の中でも客なのだ――
墓はおまえが充分休まぬうちにおまえを吐き出す
誕生という永遠の流れの中へ

けれどそれら無数の道のうちのひとつの道を
見つけるのはむずかしく　想像するのは容易だ
宇宙を一挙に理解する道
おまえをもう失望させず　最後の目標に達する道だ
この小道でおまえに認識が花と開く
死が決して破壊することのないおまえの内奥の自我は
おまえだけのものであり
呼称だけを問題にする世界のものではないという認識だ
おまえの長い巡礼の道は迷いの道であり
名状しがたい錯誤にとらわれた迷いの道であったのだ
そしてつねに奇跡の小道はおまえの近くにあったのだ
なんと長いあいだおまえは眩惑されたまま歩けたのか
その道がおまえの目に見えなかったなどという
そんな魔法がどうしておまえに起きたのだろう？
今こそ魔法の力は尽き
おまえは目覚める
はるか遠くの迷いと官能の谷間で

おまえは合唱の声が響くのを聞く
そして悠然と外界に背を向けて
おまえ自身の内面へと向かう
そのときおまえは安らい
最後の死を死ぬだろう
おまえは静寂の中に入ってゆき
夢も見ずに深い眠りを眠るのだ

すべての英雄的な要請や、英雄的美徳は心理的抑圧によるものである。私は愛国者や反動主義者からの悪意のこもった手紙に腹を立ててはならない。——実際、彼らにとって私は、悪魔、絶対に許しがたい者、混沌と地獄を承認する者の代表者なのである。

「美徳」とは、ついでに言っておくが、さまざまな才能と同じように、たとえば養殖のガチョウの異常に肥大した肝臓のように、ときには有用なものではあっても、一種の危険な肥大現象なのである。どんな才能もどんな美徳でさえも、私においては、それを高度に伸ばすために必要なエネルギーを他の衝動からぶんどってこなければ達成できないので、私にとっては、ちょうど知性が官能を犠牲にして、あるいは感情が分別を犠牲にして活発に伸びることができるように、極度に高揚された美徳もすべて、抑圧されて困窮しているさまざまな生活傾向を犠牲にした特殊化を意味するのである。私が自由を得る試みと無秩序に同意する試みをすることが、愛国者や反動の徒とまったく同じほどに大きな危険なことなのか、彼らと同じようにひじょうに有害なことなのか、私は実際、言うことができない。私は自分自身に、いくつもの対立する両極の奥に立ち戻ること、無秩序を受け入れることを要求する。それは精神分析の要請するものと同じものであり、私はそれを部分的に精神分析から学んだのである。

つまり私たちは、せめてただ一度だけでもすべての価値基準を退けて、あるがままの自分自身を、道徳とか高潔な心とか、すべての美しい外観を考慮せず、無意識が表明するままに、自分のむきだしの衝動と願望、自分の不安と苦痛にとらわれた私たち自身をよく見つめてみるべきである。そしてその地点、このゼロの地点から始めて、私たちは実際の生活にとって価値のあるものの目録をつくり、私たちの実際の生活にとって否定すべきものと肯定すべきもの、善いものと悪いものとを分け、私たち自身に対して命令すべきものと禁止すべきものの表をつくることをふたたび試みなくてはならない。

いま誰かがこの道を進み、無秩序を自分の心に受け入れ、根源的な衝動に関わりあい、モラルを追放すれば、その人がいずれそのうちそれまでよりももっとよい、もっと本物の、もっと高度なモラル、つまり生活秩序を見いだすだろうなどと、言っているわけでは決してない。その人は、同じように、いやこのほうがはるかにありそうなことかもしれないが、何のためらいもなくさまざまな原衝動のとりこになって、欲望のままに生きるようになることもあり、狂人になり、犯罪者になる可能性もあるのである。

　けれど私は、ひとりの人間が私の言う意味においてこのような無秩序への道を進むとき、やはり私が今言ったように、狂人になったり、犯罪者になったりすることはないと、ひそかに信じているのであるが、この信仰がどこからきているのか、私自身まだほんとうにわかっていないのである。――私が『苦しい道』[24]と『イーリス』[25]で表現したようなことを信じているのは、もしかすると、ただ欲求の抑圧作用とモラルの名残を私がまだもっているためであるのかもしれない。この二篇の童話(メールヒエン)では、私は無意識の領域に立ち入ることを自分になじみのない諸力に関わりあうことと解釈している。このように、自分の関知できぬ諸力と取り組むことは、これらの諸力にただ背を向けて退散してしまうよりも、それ自体ずっとよいことである。そしてこの無意識の領域が、この巡礼者を呑み込んで、むさぼり食ってしまわないかどうかは、私にはまだ完全にわからないままになっている……

【一九二一年五月／六月頃】

最近ふたたびいくつかの証明書が、つまり私の人柄に関するものではなく、私の行為と生活が社会一般とまったく関係がないものではないということを証明するもの、つまり、ひとつの新しい思潮、ひとつの新しい教義、ひとつの新しい生活の可能性のようなものが世に現れて、私がその告知者、あるいはその研究者、あるいは少なくともそれを実験するもののひとりであることを証明するものが私のところに届いた。

つまり、ドイツの時代の先端を行くインテリの雑誌がだんだんと、私のドストエフスキーに関する論文について、ツァラトゥストラに関する一小冊子について、しかし主として『デーミアン』についての長い記事を載せはじめたのである。

そのうちで最も興味深いものは、オスカー・A・H・シュミッツなる作家に関して体験したことであった。才気に富んだ、優雅な、世慣れした作家ではあるが、深い思想をもたず、詩人としても重要な人物でないことを、以前から私は彼の何冊かの著書を通じて知っていた。彼は、旅行、流行、社会批評的なものなどに関して、少なくとも平均以上の、機知に富んで、好感のもてる記事を書いていた。私はもう何年ものあいだこのシュミッツの書いたものを読んだことがなかったのであるが、先日、ユング博士[26]からの手紙で彼のことを思い出すことになった。ユング博士は、シュミッツの新刊書『ディオニュソスの秘密』[27]には相当に重要なことがらが書かれていると書いてきたのである。私はその本を読んだことがなかった。その本についての情報も何も聞いたことがなかった。しかし私は、今すぐにその本を送ってもらいたいと出版社に手紙を書いた。その本を送ったという葉書が出版社から届いた。

そうこうするうちに、メラノ[28]に滞在中のシュミッツ本人から、私を『デーミアン』以来「新しい教養の伝導者」のひとりと見なしていること、自分の本を出版社に私宛てに送るように頼んだのであるが、私がその本を読んだかどうか知りたい、という内容の手紙が届いた。それでは出版社が彼の頼みをうっかり忘れてしまったわけである。それはもう三カ月も前のことだったからである。しかし、ユングの指摘で今、事が進展することになったのである。さらにシュミッツは、ドストエフスキーについての私の論文が数篇あると聞いたが、それを読みたいので送ってほしいと書いていた。それはすぐにできることであったけれど、彼の本がまだ届いていなかったので、私はそれを読むつもりであると葉書に書いただけであった。

さて、そのうちに彼の著書『ディオニュソスの秘密』が届いた。私はこの上なく驚嘆しながらつい今しがた、その本を読み終えたところである。その本には、私の生活と私の著作に著しい変化を及ぼすことになった最近数年間の私の内面体験とほとんど正確に同じ体験を、私とはまったく異なった状況のもとに、私とはまったく異なる個性をもつ人が味わったことが書かれていたのである。ついでながら、この本の文体は全然新しいものではなかった。私は最初の数頁を読んで、その古風な、そつのない文体に失望を感じた。それはシュミッツの昔の著作とまったく同じ文体で書かれていたのである。——すなわち、私の場合とは違って、この内面的な体験を経ても、彼の表現は新しくもならず、変化もしなかったのである。

私は読みつづけた。そしてまもなくその問題に魅了され、驚嘆した。すなわち、自由で、孤独で、流行の思想から離れて、上品で質朴な日常生活を送っているひとりのインテリが戦争に遭い、国民皆兵の義務に従って召集令状を受け取ったのであるが、これが彼を激怒させた。彼は重症の「兵営恐怖症」にかかる。それはあるときは苦役に対する不安となり、あるときは憤怒と反抗心となって現れる。徐々にこの病気が高じて、彼はノイローゼにかかってしまう。この戦争恐怖神経症を機として、自分が何者であるかを認識することと、その自己認識を出発点として、このノイローゼから回復する過程が（私も自分でこれとまったく同じ体験をしたのである！）この比類なく興味深い本に書かれているのである。この主人公の体験は三つの段階をたどって回復する。

まず第一の段階は、戦争の体験、すなわちこれによって生じた神経症そのものであり、これによって彼は、自分が世間への適応能力に劣っていることに気づく！――第二に、自我の覚醒がくる。だんだんと自分自身が何者かを認識するようになる。つまり「私は神ではないか。私はとにかくアートマンである[29]。私の身にもちろん何も起こるはずがない」という認識である。――そして最後に主人公は、仏教徒の修行をも含めて、意識して仏教の研究をするようになる。この際シュミッツは、ヨーロッパ的ディオニュソス的仏教を案出しているのである。

そしてここでまたしてもこの上もなく珍しいことに、シュミッツの本の主人公が「ディオニュソスの秘密」として体験したもの、まさにそれをまったく違った性質と形ではあるが、私はわが『シッダールタ』で叙述したいと思っていたのである。

この『シッダールタ』の第一部は、かれこれ一年ほど前に完成していて、数週間前にベルリーンのフィッシャー書店に渡した[30]のであるが、その続篇は書くことができなかった。なぜなら、その続篇に私がほんとうに書きたいと思っていたものを、私は体験し、予感し、よく知ってはいたものの、まだ完全に消化して自分のものにしていなかったので、自分自身ほんとうに消化して会得してから実際に書きたかったのである。まさに今それを、このシュミッツは彼の本に書いているのである！　こういう体験は、私のひじょうにたくさんのすばらしい体験のひとつである。

　このほかにこの本が私にとって重要な意味をもつのは、次のような理由による。つまり、私が何年ものあいだ考えつづけてきたもの、私を責めさいなんでときどき病気にまでさせられたほどのもの、私の思想と著書の全内容をなすもの、私が『シッダールタ』で表出しようと思ってきたもの——まさにそれが、私以外の人の心の中でも沸騰し、遊泳しているということ、この私の関心事となってきたものとまったく似たもの、それどころかまったく同じものを私以外の人びとも体験したこと、そして私の場合と同様に、他の人びとの場合にも（仏陀、ヴェーダーンタ[31]と老子の）アジア諸教義に次いで、精神分析学が治癒と進歩のための手段となったのである。私たちは精神分析学を治療法とは見なさず、「新しい教義」の本質的な要素と見なし、私たちが今その途上にある人類の新しい段階への進化を推進するために最も重要なものと見なしているのである…

　ドイツ人の知性と文学（多分ヨーロッパ全体のものさえも）が、完全に価値を失い、堕落し、荒廃していることを確信するにつれて、私が本来その中で生きるべきであり、それを信じることが本来どうしても必要なはずの、ドイツの知性と文学に対する軽蔑の念はつのる一方である。学問は、金融業か遊戯になっている。その思想上の成果を実生活に適用することをまったく拒絶するカント、ヘーゲル、および全ドイツ哲学が、それに強力に加担してきたのである。文学は、娯楽、遊びごと、いかさまとなっており、文学全体がひとつの商取引と虚栄の市となっている。

私は昔、すぐれた文学と悪しき文学を真剣に区別したものであるが、両者の相違は、私にはだんだんとなくなってゆく一方であると思われる。そして、エルンスト・ツァーン[32]とトーマス・マン、ガングホーファー[33]とヘルマン・ヘッセとのあいだには、もうとりたてて言うほどの相違はなくなっている。現代のかなりよい文学も、最もすぐれた文学も、いかさまである。モラルと敬虔な心情、個を超越した価値をもつものを追求するほんとうにまじめな努力を支える基盤はどこにもない。誰もが自分のために、自分個人のために、自分の名声のために、あるいは一党派のために働き、努力し、思考し、政治活動をしている。

そんなことをせずに、すべての作家の仕事と、精神的な努力と、精神的覚醒は、人類だけのものであるひとつの大河に、その大河では、たとえばキリスト教会確立の初期の数世紀間の指導的神学者たちの場合と同じように、個人の業績や錯誤が、ただちに無名のものとなるひとつの大河に、いっしょになって流れ込まなくてはならぬと思うのであるが、そのあかつきにふたたび、書く者も読む者も心からまじめに信ずることができて、よろこびと確信と真理を発散し、そのためには死ぬこともできる言葉が、ドイツにおいて書かれるであろう。

（一九二〇—二一年）

1　(原註) 一九二〇年十月中旬、ヘッセは咽頭炎にかかって十一月中旬までロカルノの医者の治療が必要であった。

2 （原註）一九二〇年八月以来。

3 私のインドを舞台にした小説＝『シッダールタ』（一九二二年刊行）のこと。バラモン（インドの身分階級制度の最上位の階級）の家に生まれた主人公シッダールタが、さまざまな修業や人生経験を経て悟りの境地に到達するまでの物語。各国語に翻訳され、インドや日本でも好評を博した。アメリカでは、ビート族やヒッピー族を中心に読まれ、発売部数は三百万部を超えたという。草思社文庫刊。

4 ハッレ＝ドイツの都市名。ザーレ川中流の工業都市。

5 ヴァーグナー＝リヒャルト・ヴァーグナー（一八一三―八三）。ドイツの作曲家。総合芸術としての「楽劇」を創始した。「ヴァーグナー」は標準語発音表記。

6 ヘルダーリーン＝フリードリヒ・ヘルダーリーン（一七七〇―一八四三）。ドイツの詩人。古代ギリシアを理想として、文明の荒廃と精神の堕落を憂えた。小説『ヒュペーリオン』のほか、すぐれた抒情詩を書いた。

7 アイヒェンドルフ＝ヨーゼフ・フォン・アイヒェンドルフ（一七八八―一八五七）。ドイツ、後期ロマン派の詩人。その詩は多くの人びとに愛唱され、作曲された。小説『のらくら者の生活から』も有名。

8 ストリンドベルイ＝ヨハン・アウグスト・ストリンドベルイ（一八四九―一九一二）。スウェーデンの劇作家。『女中の子』『痴人の告白』など自伝的小説や、『父』『令嬢ジュリー』などの戯曲が有名。

9 アウグスティヌス＝アウレリウス・アウグスティヌス（三五四―四三〇）。北アフリカ生まれ、初期キリスト教会の教父。新プラトン主義とキリスト教とを融合して、中世時代の思想の基礎を築いた。主著『告白』『神の国』。

10 ヴェーダ＝古代インドのバラモン教の経典、とくにリグ・ヴェーダ（讃歌）、ヤジュル・ヴェーダ（祈禱）、サーマ・ヴェーダ（歌詠）、アタルバ・ヴェーダ（呪詞）の四部をいう。

11 ウパニシャッド＝古代インド、バラモン教の哲学的文献。広義のヴェーダ経典の最終部分を形成し、梵我一如を解くインド哲学・宗教思想の源泉とされる。「奥義書」。

12 ヴィシュヌ＝ヒンズー教の三大神のひとつ。太陽神、慈悲の神、宇宙維持の神。

13 インドラ＝インドのヴェーダ神話の代表的な神。雷神、英雄神。

14 ブラフマン＝バラモン教の宇宙最高原理を表す哲学概念。また、それを神格化したもの。ヒンズー教の三大神のひとつ。

15 クリシュナ＝インド神話の英雄。ヒンズー教の代表的な神。

16 （原註）ヨーゼフ・エングラート（一八七四—一九五七）。技師、ヘッセの友人。『クリングゾルの最後の夏』の「魔法使いユープ」のモデル。

17 衝＝二個の天体の衝。外惑星が地球をはさんで太陽と正反対の位置にくる状態、またはその時刻。

18 テッスィーン＝スイス南部の州名。イタリア語では、ティチーノ。ヘッセは、一九一九年にこの州の保養地ルガーノ（ルガノ）近郊の村モンタニョーラに住み、以後生涯をこの地で過ごした。

19 （原註）一九一四年、ヘッセはリヒャルト・ヴォルターエック教授とともに、文学と政治の月刊誌「ウィーウォス・ウォーコー」(私は生きている者に呼びかける)を創刊。一九二二年まで編集責任者として名を連ねていた。

20 「運命に身をゆだねる」=本書一二九頁参照。

21 (原註)リヒャルト・フォン・ガルベ(一八五七—一九二七)。サンスクリット学者。

22 サムキヤ=インド哲学。紀元前七〇〇年、あるいは五五〇年頃発生。古い文献はほとんど失われて、格言詩句が七〇行残っているにすぎない。精神生活・宗教生活に大きな影響を与えたという。

23 (原註)のちにヘッセが「メディア・インヴィタ」というタイトルをつけたこの詩は、元来は「サンサラ」というタイトルであった(サンサラとは、存在がその苦しみすべてを含めて永遠に更新をくりかえすこと)。

24 『苦しい道』=ヘッセの作品。本書一五五頁参照。

25 『イーリス』=ヘッセの作品。『庭仕事の愉しみ』(草思社文庫)所収。

26 ユング博士=カール・グスタフ・ユング。一一七頁注2参照。

27 (原註)オスカー・A・H・シュミッツ『ディオニュソスの秘密』München, 1921.

28 メラノ=イタリアの都市名。北部アルプス山中の保養地。ドイツ語系住民が多い。ドイツ語名メラーン。

29 アートマン=古代インド哲学の根本原理のひとつ。個人の本体「我」を意味し、宇宙の根本原理ブラフマン(梵)に対立する概念。

30 (原註)『シッダールタ』の原稿の第一部は、一九二一年七月、雑誌「ノイエ・ルントシャウ」

に掲載された。

31　ヴェーダーンタ＝古代インドのヴェーダーンタ哲学。ウパニシャッドを重んじ、梵我一如の思想を説く。

32　エルンスト・ツァーン（一八六七—一九五二）。スイスの娯楽小説作家。

33　ガングホーファー＝ルートヴィヒ・ガングホーファー（一八五五—一九二〇）。ドイツの大衆小説作家。

内省

今は私の人生の真昼どきだ。私は四十歳を越したばかりで、何年もかかって準備してきた新しい立場、新しい思想、新しい見解ができあがりつつあるのを感じ、私の生活全体がこれまでとは違った新しい形をとろうとしているのを感じとっている。このような新しい発展は今始まったものではない。私は自分がこのように自己革新をくりかえして生きてゆくことをずっと前から予感していた。それも私がまだ子供であった頃、そして私がまだ子供にもならなかった頃にすでにそれを予感し、その可能性を感じていた。

私は自分がふたたび生きているのを感じる。私は私の実年齢よりも若い。私は自分に未来があることを感じ、エネルギーと活動の能力を感じる。これらのものは何年ものあいだ姿を消していた。脱皮が進んでいるのだ。身体が成長しすぎたために合わなくなった服は、脱げ落ちることを望む。そして私が何年ものあいだ、生きる物がもつ死の定めのための苦しみと考えてきたものが、いまや新生のための苦しみに変わろうとしている。死ぬ定めゆえに生じるさまざまな苦しみは恐ろしい。そのさまざまな苦しみが一本の長く黒い恐怖の峡谷のように私の背後に横たわっているのを私は見る。この峡谷を私は通り抜けてきたのだ。

何年もの長いあいだ、孤独で希望もなく通ってきたのだ。これらの苦しみを思い出すと、私は今でも骨の髄まで寒気を感じる。それはひとつの地獄、ひとつの冷たい、そして静かな地獄であった。その終点には、――もし終点があるとすればであり、また終点があってほしいものであるが――暗闇と死のほかは何もない、希望のない道であった。しかし、どうやら苦しみが苦しみでありつづける限界が、どんな苦しみにもあるもののように思われる。それから苦しみは終焉を迎えるか、変質して生気を帯びるようになり、受苦者にまだ痛みを与えはするであろうが、希望と生命力を与えるようになる。私の孤独もそういう道をたどった。

私は今、私の最悪の時期と同じくらい孤独だ。けれど孤独はもう私の感覚を麻痺させることも、苦痛を与えることもない飲み物となっている。この杯を私は充分に飲み干して、その毒に対する抵抗力をつけた。しかし孤独という飲み物は、やはり毒ではないのだ。――昔は私にとって毒であっただけで、今は変質してしまった。私たちが受け入れ、愛し、感謝の気持ちをこめて味わうことのできないものは、すべて毒だ。そして私たちが愛し、私たちに生命力を注ぎ込むことのできるものはすべて、生きるために有用で、価値のあるものだ。

私が自分の生涯の一時期について釈明しようとする場合、私は、自分がそれで人に教訓を与えることができるとか、私が私の生活からさまざまな処世のための定理を見つけ、ひとつの教訓を引き出すことができるなどと考えて、そうするのではない。私は少年時代から今に至るまでずっと哲学が好きで、ひとつの図書館がいっぱいになるほどたくさんの哲学書を読んだけれど、私自身の世界像を他の人に伝えることができるように表現する能力をもっているという自信をなくしてしまった。

私は決して思想家ではないし、思想家になろうとも思わない。私は多年にわたって、思想を過大評価してきた、私はそれに心血を注いだ。それによって私はあるときには損をしたし、あるときには利益を得た。けれど、私はこれらすべてのことをまったくする必要はなかったのかもしれない。そして、それをしなくとも、現在と同じような結論に達していたであろう。哲学からは、私は学ばなかった。私が読んだ哲学書を書いた多くの人びとからは、ほとんど何も学ばなかった。

私ははじめてひとりの哲学者の本を読んで、その難解さにさんざん苦しんだのち、ようやく理解したときに、この上もなく甘美な錯覚に陥ったことをいまだによく覚えている。それはスピノザであった。そしてカントでも、またもやこの美しい錯覚はくりかえされた。つまり、私がこれらの思想を理解したこと、この思想体系を把握して、その体系の原則に共感できる能力を私がもっていることを確認したこと、——それに対して私は満足感を、そして幸福感を味わったのである。この幸福感は、それ自体ひとつのすばらしいものではあったけれど、私はそのとき自分が「究極の」真理を発見したために幸せを感じていると思っていた。

万象の際限なく渦巻く世界の中で、ひとつの結晶化したものを、確固としたものを、固定したものを自分の心の中で捉えることに成功するというすばらしい瞬間のひとつを体験しただけであるのに、私はこの世界を最終的に理解したと考えてしまったのである。世界を理解するということは、たえずこのようなまれな瞬間を体験しつづけて生きてゆくということなのであろう。哲学とはこのような瞬間を体験するための、何千もの方法のひとつにすぎないことを、私は感じとっていたが、長いあいだ信じていなかった。実際には、カントやショーペンハウアーやシェリング[1]で味わった私の体験は、『マタイ受難曲』や、マンテーニャ[2]の絵や、『ファウスト』で味わった体験と異なるものではなかった。

今日では私はそれについて、こう考えている。つまりひとつの哲学思想は、それをつくりあげた思想家にとって最も重要な価値をもつものであって、その思想家の弟子にとっても、その思想家の読者にとっても、批評家にとっても、主要な価値をもつものではない、と。哲学者は自分の世界像を構築しながら、生きとし生けるものがその存在の成熟と充実の瞬間に、たとえば、女性が出産のときに、芸術家が創作のときに、樹木が季節と樹齢のさまざまな段階に到達するたびに感じることを体験するのである。

思想家は、このような体験を意識して味わい、他の生物は「ひたすら」無意識のうちに体験するものであるという古来のドグマを私はひそかに疑っている。この古来のドグマが正しいとしても（これは正しくないのである。思想家は自分の仕事に関して無数の錯覚に陥るからである。そして、思想家の愛情と虚栄心は、なんと頻繁に自分の発見したもののうちでもっともいかがわしいものに執着することであろう！）、私は自分の体験から、この「意識」のもつすぐれた価値を疑っている。私が私の自我を高め、私の自我を強化するために重要なことは、私が私にとって大切な一群の事物をたえず意識していることではなくて、意識の領域と無意識の領域とのあいだの、良好で容易で流動的な関係を保つことなのである。私たちは思考の機械ではなくて、生き物である。そして無意識の領域というものは、私たちの身体の中で、あの有名なローマの雄弁家[3]の比喩における胃と似た位置を占めているのである。言語表現のことで議論する気のない者に対して、私が考えていることを表現するのは、私にとって生やさしいことではない。けれども、この「意識的」および「無意識的」という言葉はひじょうに重要なものと思われるので、私はやはり比喩を用いて説明してみよう。

まず、君の本性を、深い湖であると想定してみたまえ。水面が意識である。そこは明るく、そこで私たちが「考えること」と呼んでいる事象が起こる。湖のこの表面の部分は、湖水全体から見ると、無限に小さな部分である。この部分は湖のうちで最も美しく、最も興味を引く部分であろう。なぜなら、この部分の水は、空気と光に触れて絶えず新しくなり、変化し、ゆたかになるからである。しかし湖水の表面にある水は、それ自体やむことなく変動している。水がたえず下から上昇し、上から沈降し、たえず水流、混和、移動が起こっていて、湖水のどの部分の水も一度は上昇することを望んでいる。

——さて、湖水が水の粒子でできているように、私たちの自我、あるいは私たちの魂(どちらの言葉を使おうと同じことであるが)は、何千の、何百万の粒子から、つまり、たえまなく増えつづけ、たえまなく変化しつづける魂の所有物、記憶、印象の財産からできている。これらの何百万もの粒子のうちで私たちの意識にとらえることのできるものは、表面にあるわずかなものだけである。魂の持ち物のうちで計りきれないほど大きな部分を、魂は見ないのである。

さて、この魂というものは、ゆたかで、健全で、幸運にも有能であるように見える。なぜならば、魂の中では、光と接触しているほんの狭小の表面に向かって、大きな暗闇の中からたえまなく新鮮な流動と交換が行われているからである。ほとんどすべての人間は、決してこの明るい表層に浮かび上がることがなく、底のほうで腐って苦しんでいる千も、何千もの事物を心に抱いている。それらのものは腐って苦痛をもたらすために、この事物はたえずくりかえし意識から排除される。それらは意識から危険視され、恐れられているのだ。これがあらゆる道徳の存在理由なのである。——有害であると認められているものは表面にきてはならないのである！

けれどもほんとうは有害なものは何もなく、そして有益なものも何もないのである。すべてはよいものなのである。言いかえれば、すべてのもののあいだに差はないのだ。誰でも自分のものであり、自分にとってよいもので、とくに自分だけのものではあるが、表面に浮上してはならないものを心に抱いている。もしこれが（表面に）昇ってきたら、不幸なことが起こるだろうと、道徳は言う。しかし、これが昇ってきたらまさに幸運が起こるかもしれないのである。それゆえに魂のもつ一切の事物は、表層に浮上すべきなのである。そしてひとつの道徳に屈従する人間は、貧しくなるのである。
魂を湖水にたとえたこの説明から見ると、私がこの数年来体験したことは、私自身が深層部を閉鎖された湖であり、この深層が閉ざされていたために苦しみが生じ、私自身が死の縁に立つような状態に陥ったように思われる。しかし今では、上層の湖水と下層の湖水は以前よりも活発に流入しあい、——多分まだ欠陥があり、まだまだ充分活発とはいえないかもしれないが——いずれにしても流動しているのである。

（一九一八—一九年）

1 シェリング＝フリードリヒ・ヴィルヘルム・ヨーゼフ・フォン・シェリング（一七七五—一八五四）。ドイツの哲学者。ドイツロマン主義思想の確立に貢献。自然と自我を同一視する自然哲学を確立。主著『自然哲学のための理念』『哲学体系私論』。

2 マンテーニャ＝アンドレア・マンテーニャ（一四三一—一五〇六）。イタリアの初期ルネサンスを代表する画家のひとり。

3 ローマの雄弁家＝メネーニウス・アグリッパ・ラナートゥス。古代ローマの伝説中の人物。紀元前四九四年、ローマのプレベイウス（平民）が、パトリキウス（貴族）に対する不満を爆発させて服従を拒否し、大挙して近郊の聖山に立てこもったとき、雄弁家メネーニウスが「パトリキウスは胃であり、汝らは四肢である。四肢が胃に仕えないと胃は弱り、四肢も弱ってしまう」という例え話をして、プレベイウスを連れ戻したという。

すべての死

ありとあらゆる死をすでに私は死んだ
あらゆる死をこれからも死ぬつもりだ
樹木になって木の死を
山になって岩石の死を
砂になって土の死を
がさがさ鳴る夏草になって草葉の死を
そしてあわれな血なまぐさい人間の死を死ぬつもりだ

花となって私はふたたび生まれよう
木となり草となって生まれ変わろう
魚や鹿や小鳥や蝶となって生まれ変わろう
そしてどの姿からも
あこがれが私を駆り立てて
最後の苦しみへ

人間の苦しみへと
段階を引き上げるだろう

おお　引き絞られてふるえている弓よ
もしあこがれの凶暴な拳が
生の両極　誕生と死を
互いに折り重ねようとしたら！
なおしばしば　さらにいくたびも
おまえは私を死から生へと駆り立てることだろう
再生の苦痛に満ちた道を
再生のすばらしい道を

（一九一九年）

神経過敏症の疑いあり

医者の診察を予約してあった時間がきた。……

おそまきながら白状するが、私は医者のところに行くまで、すこし不安を感じていた。

それは私が、落胆するような診断の結果を恐れていたからではなく、医者というものがインテリの、それもその上層部に属することを私が認めているため、医者に幻滅させられることには耐えられなかったからである。それが鉄道員あるいは銀行員、さらに弁護士から受けるのなら容易に甘受できるのだが。

どうしてなのか自分でも正確にはわからないが、私は医者が、ラテン語やギリシア語と哲学の基礎知識を必要とするあのヒューマニズム、現代のほとんどの職業ではもはや必要なものとは考えられないあのヒューマニズムの名残をもっていることを期待しているのだ。ふだんは新規なもの、革命的なものをひじょうに歓迎する私であるが、この点ではひじょうに保守的で、私よりも高い教育を受けた職業についている人びとに対して、一種の理想主義をもつこと、つまり、物質的な利益とはまったく関係なく人を理解したり、人と意見交換する気持ちをもつことを、要するに、一片のヒューマニズムをもつことを要求するのである。もっとも私は、このヒューマニズムが実際にはもはや存在しないこと、それの物まねにしても、やがては蠟人形館でしかお目にかかれなくなるだろうことはよく知っているのである。

しばらく待ってから私は診察室へ通された。とても美しい、趣味のよい調度をそなえた部屋を見て、私はすぐに信頼感をもった。医者はいつものとおりにまず隣室で水音を立てて手を洗ってから、こちらの部屋へ入ってきた。その知的な顔立ちから推して、理解力がありそうに思えた。私たちは試合にのぞむマナーを心得たボクサーよろしく、心を込めた握手をして挨拶をかわした。そして私たちは慎重に闘いの火ぶたを切り、互いに探りを入れ、ためらいがちに数回、最初のジャブを交わした。私たちはまだ中立地帯に立っていて、新陳代謝だの、食べ物だの、年齢だの、既往症だのということが話題になっていたから、話のやりとりは他愛のないものだった。ただ特別な言葉が出てくるときだけ、私たちの視線は対決の身構えでぶつかり合った。医者は、私にはそのおおよその意味しか察しのつかない、医学の専門用語の台帳にあるいくつかの表現を並べ立てたけれど、それは彼の示威運動を飾り立てるのにはなかなかよく役に立って、私に対する彼の立場をますます強固なものにした。

とにかく、二、三分後にはっきりとわかったことは、私のような性質の人間がまさに医者のところで味わうと不快に思うあの残酷な幻滅を、この医者からなら味わう恐れがないということであった。つまりその幻滅というのは、知性と学歴という魅力的な看板の背後に隠れた硬直した独断論、つまり、患者のものの見方や考え方や病状についての表現は純粋に主観的なもので、それに対して医者のそれは厳格に客観的な価値をもつものだということを第一の前提とする、かたくなな独断論に突き当たることである。

ところが、ここで私が相手にした医者は、理解してもらうために努力のしがいのある医者で、医者として必要な知性があるというだけでなく、今のところはどの程度かわからないが、とにかくある程度の聡明さをもち、すべての精神的価値の相対性を柔軟に感じとる力をもっていた。教養のある聡明な人たちのあいだでは、実際どんな瞬間にも、それぞれが相手の心情や言葉や信念や宗教が主観的なものであり、自分を客観的に表現する試みにすぎず、一時的な比喩にすぎないと認めるものである。けれど、それぞれがこのような認識を相手に対してだけでなく、自分自身についてももち、自分自身の場合にも適用して、それぞれが自分自身においても相手においても、各個人が定めとしてもち、変えることのできない性質や、考え方や、言葉を持つ権利を認めること、すなわち、二人の人間が意見を交換する場合に、意見を表現する言葉は不完全なものであり、どんな言葉もすべて多様な意味をもつこと、あることをほんとうに的確に表現することは不可能であること、それゆえにまた、相手の意見に対してまじめに心を開く必要があること、すなわち互いに心から相手の意見を聞くという姿勢と、知的な騎士道精神をもつ必要があるということをたえず意識しつづけているという状況はやはりあるのである。――思考能力のある人間のあいだでは、ほんとうは当然のことであるこのようなすばらしい状況は、実生活においては情けないほどまれにしか起こらないので、私たちはこれに近い状態でも、ほんの部分的にでも、このような状態が実現するだけでも、心からそれをよろこび迎えるのである。さて、ここでこの代謝障害の専門医に対して、この人となら理解と意見の交換が成り立ちうるという印象がパッとひらめいたのである。

血液検査とレントゲン検査の結果はまだわからないが、診察の結果はよろこばしいものであった。心臓は正常で、呼吸は申し分なく、血圧はまったく正常なのに、坐骨神経痛のきわめて顕著な症状があり、痛風（つうふう）の徴候も若干あり、筋肉組織全体が少々気がかりな状態を示していた。医者がふたたび手を洗っているあいだ、私たちの会話はしばらく中断した。

予期していたように、この瞬間に形勢が変化し、私の相手は中立地帯を出て攻勢に転じた。彼は慎重に言葉を選んで、一見さりげない調子でこう質問したのである。「あなたの苦痛のひとつの原因は、心理的なものであるとはお思いになりませんか？」と。果たせるかな、私たちはその地点に来ていたのである。予期していた、あらかじめわかっていたことが起こったのだ。私が感じていた苦痛は、診断の結果では、実際の症状に比較して大きすぎるものであった。感受性が過敏なために、私が苦痛を実際よりも強く感じすぎているという疑いがあった。私が主観的に感じている痛風の痛みは、ふつう私の身体に現れている症状からくるはずの痛みよりも大きすぎるというのだ。つまり私はこの医者に、神経症患者と診断されたのである。それなら、いざ、戦闘開始だ！

医者と同じように慎重に言葉を選んで、同じようにさりげない調子で、自分は「いわゆる心理的なものがその原因の一部になっている」苦痛や病状は信じない、と宣言し、自分の信ずる生物学と信仰信条では、「心理的なもの」は、肉体的条件に従属する一種の副次的要素ではなく、肉体的条件を支配する本源的な力であること、それゆえ、私の生活におけるどんな状態も、よろこびや苦しみなどの感情もすべて、またあらゆる病気やあらゆる不幸な出来事や死も、心因性のもの、すなわち魂から生じたものと思っていると説明した。たとえば私の指の関節に痛風の結節ができるのは、私の魂が、厳かな生命の原理が、私の中にある「エス」[1]が、私の肉体という具象的な材料で自己表現をしているのである。

魂が苦しんでいるとき、魂はひじょうにさまざまな方法でその苦しみを表現することができる。たとえば、あるひとりの人間では、血液中の尿酸の形成という方法で、魂は自分の苦しみを表して自我の解体を準備し、ある人の場合は、飲酒癖という形で同じように苦しみを表現する役割をし、またある人の場合にはピストルの弾に凝縮して突然、頭蓋骨の中に飛び込んでくることもありうると思うと言ったのである。それに付け加えて私は、医者が患者を助ける場合の任務と可能性は、ほとんどの場合、肉体的な、したがって副次的な変化を探し出して、それらを同様に副次的で物質的な材料で制圧しようと努力することで満足すべきであろうと言った。

そのときもまだ私は、この医者から見放されるかもしれないと完全に覚悟していた。彼は率直に「尊敬するお方よ、あなたがおっしゃったことはくだらないことですよ」と言うかわりに、いささか寛大すぎる微笑みを浮かべて私の意見に賛成し、とりわけ芸術家の魂に気分というものが及ぼす影響について、ありふれた言葉を口にして、そのありふれた表現に加えて、おそらく例の「不可測物」という、最も不快な言葉を持ち出してくるのではないかと私は覚悟していた。

この言葉は、月並みな科学者が計測不能と決めつけている精神的な現象を測るための敏感な秤であり、ひとつの試金石である。つまり月並みな科学者はこの「不可測物」という言葉を、持ちあわせの物質的な秤では粗雑すぎて測ることができないような生命現象に対して用いるだけでなく、自分ではその生命現象を測ったり描写したりする気も能力もないときにもこの安易な表現を用いるのである。自然科学者はほとんどの場合、それほどたくさんのことを知っているものではない。彼が知らないことのひとつは、彼らが「不可測物」と名づけている、まさにこの気分という一時的な流動的な現象の値を計測するために、自然科学のほかに古来のきわめて洗練された測定手段と表現の方法があることであり、トマス・フォン・アクィナス[2]もモーツァルトも、それぞれ自分の言葉でしたことが、この「不可測物」を比類のない精密さで計測することにほかならなかったのだということである。

この一介の温泉治療所の医師に対して、たとえ彼がその専門領域で不死鳥のような能力があるとしても、このデリケートな問題についての知識をもっていることを期待することができたであろうか？　私は疑ったがやはり期待した。そして見たまえ、私の期待は裏切られなかった。私の言うことを理解してもらえたのである。この男は、私が彼になじみのない独断論で対抗しているのではなくて、ひとつのゲーム、ひとつの芸術、ひとつの音楽をもって対抗しているのであり、その音楽が鳴っているときには、もはや正当性も論争もなく、いっしょに共鳴できるか拒絶するかしかありえないことを理解したのであった。そして彼は拒絶しなかった。私は理解され、認められた。もちろん正論を主張する者としてではなく――もちろん私はそういう者ではないし、そういう者でありたいとも思わない――探求する者として、思索する者として、彼とは正反対の立場に立つ者として、彼の専門分野とは異なる、はるかに隔たってはいるものの、彼の領域と同様に完全に認められている領域に属する同僚として認められたのである。

　そこで、すでに血圧や呼吸についての診断でよくなっていた私の気分が、また一段と高まった。雨が降ろうと、坐骨神経痛がどうなろうと、湯治がどうなろうと、もうかまわない。私は野蛮人に引き渡されたのではない、私はひとりの人間、ひとりの同僚、柔軟でデリケートな心情をもつひとりの男性にめぐりあったのだ！　これから頻繁に長いあいだ彼と話をしたり、さまざまな健康上の問題を討議することを私が当てにしたわけではない。いや、そうすることができれば快いことだと思えるけれど、その必要はない。私が湯治の期間、私を支配することをゆだねて、信頼しなければならないこの男が、私から見て人間として成熟していることがわかるだけで充分だったのである。

この医者が今日のところはまだ私を精神的には活発でも、残念ながら少しノイローゼにかかっている患者であると見なしても、いつの日にか私の自我の精神的な領域を開いてみるときが、私独自の信仰や私独自の哲学が、彼独自の信仰や哲学とゲームをし、試合を始めるときが、おそらくくるかもしれないのだ。そうなれば、ニーチェとハムスン[3]に依拠しているノイローゼ患者についての私の理論も、一歩前進することになるかもしれない。

けれどそんなことはどうでもよい。それはさほど重要なことではない。ノイローゼの症状を病気ではなくて、たしかにそれにかかっている者には苦痛を与えても、きわめて肯定的なカタルシスの過程と見なすこと——これはすばらしい思いつきである。けれどこの考えを公式として表現するよりも、生活の中で実践することのほうが重要なのだ。

（＊一九二五年）

1　「エス」＝精神分析学の用語。本能的エネルギーの源泉。

2　トマス・フォン・アクィナス＝イタリア生まれ（一二二五？—七四）。アリストテレースの哲学とキリスト教神学を総合・調和させた中世の哲学者。

3　ハムスン＝クヌート・ハムスン（一八五九—一九五二）。ノルウェーの作家。代表作『飢え』『大地の恵み』など。一九二〇年ノーベル文学賞受賞。

口笛を吹く

ピアノとヴァイオリンが　ほんとうに好きなのに
私はほとんど練習できなかった
これまであわただしい生活のために
口笛を吹く技術を磨く暇しかなかった

まだ名人と言えるほどの腕ではない
芸術は長く人生は短しだ
だが口笛を吹けない人びとを気の毒に思う
口笛は私に多くのことを与えてくれたから

それでずっと前から真剣に決心した
この技術を一段一段と上達させることを
そして最後にその域にまで到達したいと思う
自分と君たちと全世界を一吹きで無視できるまで

（一九二七年）

＊

人生全体を、たんに観念的にとか、何らかの文学的・美学的悲観主義からではなく、具体的に、そして実際的に、苦悩と苦痛として感じるという運命を背負った人間は少なくない。残念ながら私もそういう人間のひとりなのであるが、このような人間は、快楽を感じるよりも苦痛を感じる能力のほうが強い。呼吸と睡眠、摂食と消化といったこの上なく単純な動物的活動でさえも、彼らには満足感を与えるよりも、むしろ苦痛と疲労を味わわせるのである。けれど彼らは、それにもかかわらず、自然の意志に従って人生を肯定し、苦痛を是認し、意気阻喪してはならないという衝動を心に感じるので、このような人びとは、わずかにでもよろこびをもたらし、心を陽気にし、自分を幸せにし、温めてくれるものにならなにでも異常なほどに夢中になる。そしてこのようなありがたいものに、普通の健康で正常な、仕事好きの人たちが与えないような高い評価を与えるのである。

自然は、このような方法で、この上なく美しくて複雑なもの、ほとんどすべての人が一種の敬意を払っているもの、すなわちユーモアをつくりあげることさえある。あの悩みを抱えている人間、あまりにも軟弱で、あまりにもかたくなで、あまりにも享楽癖で慰めを得ることに執心している人びとの心の中に、ときおり、ユーモアと呼ばれるものが生まれるのである。

ユーモアは、深い持続的な苦しみの中でだけ成長し、なんといっても人類がつくり出したかなりよい生産物のひとつ、水晶のような結晶物なのである。悩みを抱く人たちが、このつらい人生にとにかく耐えぬき、それぱかりか讃美することさえできるようにするために発明したこのユーモアというものは、おもしろいことに、苦しんでいる人びとにではなく、べつの人たちに、つまり健康な人たちに、まるで正反対の印象、まったく奔放な生きるよろこびと楽しさの噴出したような印象を与えるのである。健康な人びとは、ユーモラスなことを聞くと、膝をたたいておもしろがり、大笑いする。そしてときたま、ひじょうに人気のある、当たりをとった喜劇俳優Xが、どうしたわけか憂鬱症の発作で入水自殺したなどというニュースを読んだりすると、いつも唖然として少しばかり気を悪くするのである。

断章22（＊一九二七年）

＊

ユーモア作家というものは、何を書こうが、その表題やテーマはすべて口実にすぎないのであって、実際には彼らはみな、そしてつねに、ただひとつのテーマをもっているにすぎない。それは、すなわち、人間生活の奇妙な悲哀と、こういう表現を許していただきたいが、人間生活が糞まみれであること、それにもかかわらずこのみじめな人生が、こんなに美しくすばらしいものでありうるのだということに対する驚嘆である。

断章23（＊一九二七年）

町への遠足

世捨て人が長い歳月ののちに自分の庵(いおり)を去って、町に、人間の中に出て行くときには、たいてい自分の行為に対して立派な理由を挙げるものだけれど、その結果はというと、ほとんどが笑止千万なものである。世捨て人は、靴屋が靴屋を続けたほうがよいのと同様に、世捨て人のままでいたほうがよいのである。世捨て人の生活は職業ではないとか、乞食とまったく同じように、価値の低い職業であるというのが、今ちょうどヨーロッパで流行している意見である。が、この意見をまともに信ずる人はいないであろう。世捨て人は、靴職人とまったく同じように、乞食とまったく同じように、強盗とまったく同じように、軍人とまったく同じようにひとつの職業である。それは、執達吏(しったつり)とか美学の教授とか、そうしたいわゆる似非(えせ)職業よりずっと古い伝統をもつ、はるかに重要で神聖な職業なのである。そしてある人間が自分の職業を、自分の仮面や役割をかなぐり捨てるとき、たとえこの上もなく納得のいく、この上もなく魅力的な理由からそうする場合でも、ふつうはやはりつまらない結果に終わるだけである。

私が自分自身と自分の生活に不満を感じ、山麓の庵を出て、鍵を閉め、しばらくの予定で町中と人中へ行ったとき、私にもそのようなことが起こった。私は新しい体験と人間関係に対する好奇心から、そしてそのような体験をしたいという欲求から町に出て行ったのである。それまで長いあいだ倦怠感と苦痛だけを味わっていたので、ふたたび少しばかりのよろこびと慰めと満足を味わえるかもしれないという、淡い希望をもって、そうしたのであった。うまくいけば、また他の人間を基準にして自分自身を測定し、人間と自分自身のことをふたたびまじめに考えられるようになるかもしれないという希望を抱いたのである。

町、群衆、世間、芸術、商業など、手短に言うと——この世界じゅうのすべての魅力的なものから影響を受けたい、世捨て人と思索者の生活の重圧と自分がもっているとうぬぼれている知恵から解放されたい、子供に戻りたい、ふたたび人生の意義と美しさを信ずることができるようになりたいと思ったのであった。

人生の価値を根本的に信じることができないにもかかわらず、単純な人びとのあいだで慣例になっている自殺や発狂によって、この人生から逃げ出す道がふさがれている私のような人間は、すなわち、自然が「人類」なるものをつくる実験を行ったときに、自然がつくりだすすべてのものが無意味であって、それでいて逃れるすべのないものであるという事実の例証としてわざわざ自然がつくりだしたとしか思えない私のような人間――このような人間はもちろん、少し難儀な生活を送らざるをえないものであり、それゆえにこそ自分の生活を少しばかり我慢のできる、気持ちのよいものにするために、ときどき自分の生活にそれまでとは違った調子を取り入れて、あれこれ変えてみたいという欲求を感じるのである。

こういうわけで私はトランクを引っ提げて、ある町に旅をし、人びとの住む真っただ中に部屋をひとつ借りることになった。このあたりの生活に慣れるのは、容易なことではなかった。びっくりするほど、信じられないほど朝早い時刻にここの人びとは起き、夜になると帰ってきて、ピアノやヴァイオリンを弾き、風呂に入り、走って階段を上り下りした。ほとんどが商人か商社の勤め人で、みなまったく途方もなく多忙であった。ある人びとは実際に山のように仕事をかかえ、商売がうまくいかないので、その立て直しの苦労のために過労気味になっていた。彼らはみな無理をしていた。そしてほとんどすべての人びとが、人間の生活には役に立たない、ただ製造業者と商人の利益になるだけの品物を製造するか、商っていた。

私は好奇心からこのような品物をいくつか試しに使ってみた。周囲の喧噪とせわしない雰囲気のために私は夜ほとんど眠れないのに、日中は眠くて退屈していたので、このような商人のひとりから睡眠剤を、また別の商人から読者を快く楽しませるという効用のある本を数冊買った。ところが睡眠剤は私を眠らせるかわりに興奮させ、イライラさせた。そして本を楽しむかわりに私は真っ昼間に眠りこんでしまった。

その時期には、商人も消費者もすべての参加者が明らかにとても楽しんではいるが、その本来の意味をまじめに考えることなど誰も思いつかない催しが行われていた。それは一方では産業を助成し、数週間にわたって商売に活気を与え、他方では、切り倒した若木を町じゅうの家の中に飾って、自然と森に対するある種の追慕の念を呼び起こし、家庭生活のよろこびを讃美するという目的をもつ、恒例の大きな年中行事の前の時期だったのである。これもまたひとつの遊びであり、世間の約束事であることを私はまもなく見抜いた。自然と森のことを思い出す必要を感じたり、部屋の中に飾ったこれらのモミの木を、自然のよろこびを味わわせ、自然を保護しようという気持ちを起こさせるための適切な道具であると思うほど愚かな人間はいなかったし、家族とか、結婚とか、子だくさんの幸せなどというものを、大多数の人間は尊重するどころか、重荷と考えていた。

しかしこの祝祭のために、四週間にわたって何百万人の勤め人が忙殺され、二日のあいだすべての住民がひどく楽しみ、興じた。よそ者の私まで甘いお菓子をもらい、「おめでとう」という祝いの言葉を受けた。そして、こういうことをふだんはぜんぜんしない家々で、数時間にわたる大がかりな家庭のお祭りが催された。ついでに言っておくが、この時期の町の眺めはすばらしかった。幅広い商店街では昼夜ぶっ通しで家という家、窓という窓があふれる光で、陳列された品物で、花で、玩具で輝いていた。そのようななかにあって、この何百万人の人びとすべての、ひじょうにつらい、そしてまじめな勤労生活は、あたかも上手に演出された気のきいた余興であるかのように見えた。

しかし、どの飲食店の経営者にも共通したやり方は、よそ者の私には気に入らなかった。そのやり方は、私たちが自然や家族や仕事などすべてを、おいしい飲み物といっしょに洗い流して、しばらくのあいだ忘れようと試みる、あの憂さばらしの場所でも例外ではなかった。——この静かな飲酒と喫煙の店にも、灯火で飾った木が、音楽つきか、音楽なしで立てられ、このような場所のクリスマスツリーは、個人の家庭のよりもずっと華やかで、感傷的な雰囲気を漂わせていて、その中では、息をするのも苦しくなったのである。

この祝日が始まる前の夕方、私は一軒のレストランで、卵料理を食べ、半リットルの赤ワインを飲みながら、一応満足な気分にひたっていた。すると、ひとつの新聞の予告が眼にとまって、私の注意はすぐさまそれに釘づけになった。その町で、ある文学同好者の会が、ヘルマン・ヘッセの夕べを催すので、ぜひ出席されたい、というものであった。

大急ぎで私はそこに向かい、その建物とホールを探し当て、ホールの入り口のチケット係を見つけて、ヘッセ氏本人が出席するのかと尋ねた。係の男は、来ません、と言って、言いわけを始めた。しかし私は、そのお方の出席はまったく問題にしていないと言って、彼を安心させた。私は一マルクを払ってプログラムを買った。そして、しばらく待っているうちに行事が始まった。

そこで私は、若い頃に書いた幾篇かの作品の朗読を聴いた。それらの作品を書いた当時、私はまだ青春特有の好みと理想をもっていた。その頃、私は誠実さよりも熱愛と理想主義のほうを重視していた。それゆえ、現在の私が、人生を愛しも否定もせず、ただあるがままに受け入れているのに反して、当時はもっぱら人生を明るいもので、肯定する値打ちのあるものと考えていたのであった。そのため、これらの作品で私自身の青春時代の声を聞いていると、不思議な気持ちがした。

それらの作品のあるものには、作曲家たちが曲をつけて、きれいな服を着た淑女たちがうたった。あるものは朗唱され、あるものは朗読された。そして少年のような心情をもち、感傷的な性質をもつ聴衆は、この出し物をうのみにして、それに合わせて感傷的な微笑みを浮かべており、一方、私と同じようにかなり冷静な聴衆は、終始まったく心を動かされず、少し軽蔑したようなうす笑いを浮かべるか、眠り込んでいるのを観察することができた。

そして、このようなことをつぶさに観察しながら、昔の私にとってあんなに大切で神聖なものであったこれらの作品が、美しいけれど内容に乏しいことに驚く一方、やはりなんといっても私は自分がかなりの虚栄心をもっていることを認めずにはいられなかった。もちろん、慣例とはなっているものの、歌手や朗読者が詩の中の数語を省略したり、ほかの言葉に言い換えたりするたびに、がっかりして、少しばかり不愉快になったからである。

そうこうするうちに、この夕べの催し全体が、不愉快になってきた。私は最後まで待てなかった。喉と胃に乾いた苦い感じがこみ上げてきて、私はそこから追い立てられた。その感じを、それから何時間もかけてコニャックと水で洗い流そうと試みたが、無駄であった。私がいわゆる専門家でエキスパートであったのに、この文学の夕べの催しにおいても、ふたたび私は、私に世捨て人として生きる運命を与えたあの疎外感を感じたのである。この疎外感は、私以外の人びとはすべて、私にはうかがい知ることのできない秘密のルールに従って人生を人間同士の楽しいゲームと見なして、満足してそのゲームに興じているのに対して、私が人生と真剣に取り組みたいという、私自身にもわけのわからない欲求をもつことからきているのである。

さて、私が人生で見たり、体験したりしたことはすべて、さらに深く私をこのジレンマに追い込んだだけであり、私はどこでもうまくこのゲームに参加できなかったのであるが、そのうちやはり、こういう私自身を自嘲する必要はなく、自分がやはり正しいことを認識し、私自身が正しいという信念を強固にする機会がとうとうやってきたのであった。

私はひとりの友人の葬儀の手伝いをしなければならなかった。突然死んでしまったその友人は、決して世捨て人などではなく、陽気で社交的な人物であった。別れを告げようとして、その死者のおだやかになった顔を見つめたとき、私はその顔に、人生という楽しいゲームから急に引き離されてしまったことに対する不満も、苦痛も読み取ることができなかった。そうではなくて、彼が、もうこの謎に満ちた人間の生活をゲームとして行うのではなく、ついにそれとほんとうに真剣に取り組むことができ、それが許されたことに対しての心からの了解と、一種の満足感を読み取ったのである。

この死者の顔は、私に多くのことを語ってくれた。そしてそれは私を悲しませるどころか、よろこばせたのである。

それから私はこのことを考えながら通りを歩いて行き、すてきな女性たちや、せかせかした、いらだたしそうな男性たちを眺めた。彼らはみんな、当惑気味の、お祭り用のわざとらしい楽しそうな顔つきを、もうかなぐり捨ててしまっていた。私は、この人生という劇をときおりあわれに思い、ときおりそれを楽しんで眺める。そしてこの芝居をあやつっている秘密のルールを、最後にはどうしても見抜きたいと望むのである。

（一九二五年）

心理学

ロブスターがイセエビに恋をした
けれどもそれは報いられなかった
その恋は無意識の中に沈んだ
そしてそこで死の衝動に変わった

ある心理学者がこの患者を診察したが
ロブスターの心理を洞察できなかった
ロブスターは逃げ出して呪った
彼は診察料が高すぎると思った

心理学者は口には出さなかったが
ロブスターの態度に気を悪くした

けれど彼の賢い頭は
ずっと長いあいだその症例を考えつづけた

医者がいなくともロブスターは治って
また別の愛の幸福を見つけた
けれども医者はこの病気の原因は
金銭コンプレックスだと診断した

（一九五九年）

＊

人間が、いかに早く悪いことやばかなことを覚えることができるものであるか、いかに早く怠け犬や遊び好きの太った豚になることができるものであるかは、ほとんど信じられないくらいである！　肉体的な贅沢と怠惰は、精神的な贅沢と怠惰と手に手をとって連れ立ってゆく…

いや、この世間と妥協して、その仲間に入り、その中で勢力をもち、そしていい気分になること――今この瞬間、私の身体じゅうのあらゆる神経で感じとっていることは――そのようなことは、まったく私の性には合わないこと、それは私には禁じられていることであり、それは、私が知りそれに関与することが私の幸せとなるすべての善なるもの、神聖なものを冒瀆することになる。そしてまさに、私が目下その罪を犯しているために、私がこの世間と妥協し、それを受け入れたがために、私は今、死ぬほど不快な気分を味わっているのだ！　それにもかかわらず私はそれに執着している。怠惰のほうが私の認識よりも強く、私の脂肪太りの怠惰な腹のほうが、おずおずと苦情を言う魂よりも強いのだ…

ひじょうに重い心の病気にかかった多くの人びとが、突然財産をなくして、自分の財産に対する信仰が揺さぶられることは、その人びとにとって決して不幸なことではなく、最も確実な、それどころか唯一の救いになることではないかと私は思っている。そしてそれと同じように、現代生活の真っただ中にあって、仕事と金銭だけを崇拝するのとは反対に、瞬間のたわむれを理解すること、偶然の事象を回避せずに甘受すること、運命の気まぐれを信頼することは、なんとしても望ましいことであり、私たち誰もがひどくその不足に悩んでいると私には思われる。

断章24（＊一九二五年）

詩人の最期の歌

まもなく私はふるさとに帰る
まもなく私の身体はばらばらになり
骨は崩れ落ちて
ほかのみんなの骨の山に加わる
有名なヘッセは消えてしまう
発行人だけが彼の読者として生きつづける

それから私はふたたびこの世に帰ってくる
誰にも好かれる小童になって
年寄りたちまでがしわだらけの顔で
やさしく微笑みかける
しかし私は飲んだくれの食いしん坊で
もはやヘッセとは名乗らず
娘っ子たちと寝て

彼女らの身体に私の身体をこすりつけ
彼女らに飽きると彼女らの首を締める
すると首切り役人が来て私の息の根を止める

すると私はふたたびひとりの母親から
この世に生まれてくる
そして書物を書いたり女たちと交わったりする
けれど私は影の国にとどまり
虚無の中にとどまり　生まれることなく
煩わされず　あの世に姿を隠しているほうがよい
そうすればこの世のことをなにもかも
笑って　笑って　笑って　笑い飛ばすことができる

（一九二六年）

不可能なことを新たに試みる！

ちょうど折よく、私たちが心の中でいつも考えている問題に、外界でも魔法にかかったように出会うということは、昔からよくあることだ。たとえば、家を一軒建てる計画とか、離婚したいとか、手術を受けなくてはならないとか考えていると、自分の交際範囲で同じようなことを考えている人びとに、いつも、しかも頻繁に出会うことは、よく知られている。同じようなことを私は、私の読み物の場合にも体験した。つまり私が何らかの人生問題でひどく悩んでいる時期に、ちょうどその問題について書いた書物が、またいたるところから、探してもいないのに私のところに送られてくるのである。

たとえば私は最近ずっと集中的に、人間にとって最も重要な問題のひとつと格闘しているとき、ちょうどこの問題を論じていると思われる数冊の本につぎつぎにめぐりあうことになった。その問題とは、人間と人間の文化全体にかかわる問題であり、人間はほんとうに自然の最高の産物なのか、人間の文化は母なる自然に対して邪悪な罪を犯すものではないか、もしかしたら人間は結局、危険な、費用のかかる、失敗に終わった実験の産物にすぎないのではないか、という古来私たちが悩まされてきた問題である。

なぜなら、どんな文明も自然に暴力を加えずには成立しないこと、文明が地球全体をしだいにセメントとブリキ造りの味気ない、血の通っていない施設に変化させていること、最初はひじょうによい理想主義的な動機で始まったことでも、ことごとく暴力や、戦争や、人間を苦しめるものに必然的に変わってしまうこと、さらに、平均的な人間は天才たちの助けなしには生活を持ちこたえることができないこと、それにもかかわらず平均的な人間は天才の不倶戴天の敵であり、いつもそうならざるをえないこと、そのほか、右に述べたようなこと以外に何であれ、宿命的に解決不可能なこの世界のいろいろな矛盾を、私たちは日常、眼にしているからである。

さて、その一例を挙げれば、一冊の本が私に送られてきた。奇妙な、そして悲しい思いにさせられる本で、トルストイの娘が編集し、それをフュレプ゠ミラー[1]がドイツ語に訳して、カッスィーラー書店から刊行されたものである。

この本はトルストイの家出と、最期についての記録を収めたものである。偉大な人びとの私生活を知ることは、よいことではない。そして、（教訓詩を書いているモラリストであるだけでなく、偉大な文学者でもあった）トルストイが、晩年にヒステリーや、長年にわたる夫婦の不和と、妻に対する不信感に悩まされるという惨めな生活の中で、なすすべもなく日を送っているうちに、ついに絶望のあまり二十年も遅れて家出して旅に出て、まるで自殺のような死に方をするのを読むことは、何かしら戦慄を覚えるものである。

天才は、没落せざるをえない運命をもつ。そして彼の立派な、有能な夫人は、市民の理想とする妻であり、一切の健全なもの、理性的なもの、そして市民社会で許容されている一切のものの権化である。そして彼女自身も、その後、重症の精神病にかかったとはいうものの、結局はこの常軌を逸した夫に勝って、生き延びる運命をもった人間なのである。古来変わらぬ悲劇である…

こういうふうに、あれやこれやの本を読む。そしてしばらくのあいだ、どれひとつとして解決がつかず、ただ体験せざるをえないだけの、この永遠の難題にあふれた世界を苦労しながらかき分けて進んで行く。そして結局、人生は私たちを、一見、不可能な生活を新たに試みることのできる段階へ、絶望的と思われる生活を、新たな意欲をもって、新たな熱意をもって続けて行くことのできる段階へとくりかえしくりかえし投げ出すのである。

そして古来から、見たところほんとうに絶望的な人生のたわむれとはいえ、思索する者にはいつも、次のようなひとつのなぐさめがある。

それは、時間的なものはすべて克服可能だということ、時間はひとつのイリュージョンであること、人生のすべての状況、すべての理想、すべての時期は、型どおりに几帳面に順を追って進行するものばかりでなく、因果関係をもって互いに結ばれているものばかりでなく、これらすべてのものは、永遠の、時間に関係のない存在をもつということ、それゆえ、「神の国」、すなわち、遠い未来に到来することのできる永遠に続く至福のものと思い描いている理想は、ことごとくあらゆる瞬間に体験し、実現しうるものだということである。

（一九二六年）

1　フュレプ＝ミラー＝ルネ・フュレプ＝ミラー（一八九一―一九六三）。オーストリアの作家。文化史、時評、およびロシアのボルシェヴィズムなどに関する著書がある。

どこかあるところに

人生という砂漠を私は燃えながらさまよう
そして重荷にあえいでため息をつく
けれどどこかに　ほとんど忘れてしまったが
涼しく花の咲き乱れる木陰の暗い庭があることを私は知っている

けれど　どこか夢のように遠いところに
憩いの場所が待っていることを知っている
魂がふたたびふるさとを見いだす場所が
そこで　まどろみが　夜と星たちが待っていることを知っている

（一九二五年）

嘆き

私たちに常住は許されない　私たちは流れにすぎない
私たちは進んであらゆる形のものに流れ込んでゆく
昼に　夜に　洞窟に　そしてドームに
私たちは流れてゆく　常住への渇望に駆り立てられて

こうして私たちは休みなくつぎつぎに形を満たすが
どの形も私たちの故郷にも幸福にも苦しみにもならない
いつも私たちは旅をしている　いつも私たちは客である
畑も鋤も私たちを呼ばない　私たちからパンは生まれない

私たちは　神が私たちをどうするつもりか知らない
神は私たちをもてあそぶ　手の中の粘土のように
私たちは物言わずなされるままに　笑いもせず泣きもせず
捏ねられはするが　決して焼かれることはない

一度でも固まって石になりたい！　一度は変わらぬものになりたい！
それを私たちのあこがれは切実に求めている
しかしあこがれは永遠に不安におののくだけで
私たちの旅路で決して休息を見いだすことはない

（一九三四年）

夏の鉄道旅行

またしても私は短い旅をすることになって、かれこれ一時間半ほど列車の中にすわっている。列車が発車してから、はかり知れないほど長い時間がかかったような気がする。それほどひどく私は退屈している。列車の旅は、私にはそれほど苦痛で、いとわしいものなのである。

二、三年前、リンドヴルム[1]とかいうアメリカ人が、三十時間以上も飛行機に乗って大西洋を横断したという話を聞いたことがある。この人も飛行の終わり頃には、私と同じような気分になったにちがいない。いや、そうではない。彼はとにかく空を飛び、世界の大洋の上を飛んだのだ。もちろん彼は、美しい、本物の、実際の、作りものでないもの、雲や霧や星を見たのだ。日の当たった海や夜の海を見たのだ。そういう飛行なら三十時間でも我慢できたにちがいない。

しかし、私にこれほど時間を長く感じさせ、あらゆる小旅行を責め苦のように感じさせるものは、海と空ではなかった。それは時間の長さとか、キロメートルの数値ではなく、私にはなじみのない、私に対する敵意に満ち、私が憎んでいる世界の中に私が捕らわれの身になっていること、文明と技術でいっぱいの部屋に閉じ込められていることであった。大都会に住む人は、こんな気持ちをほとんど理解できないことを私は知っている。なんといっても彼らは昼となく夜となく、夢の中でさえこのような世界に生きているからである。しかし、未開人で、野蛮人で、遊牧民である私、自由を愛し、自由のほかの多くのものには無関心な私は、鉄道、大都市、ホテル、事務所、官庁、工場など、文明と技術でいっぱいの領域は、真空の部屋の中と同じように生きてゆけないのである。

　私の頭上のニス塗りの板壁に貼られた白エナメルの札に黒い数字が書いてあった。46という数字であるが、4も、とくに6も、ともに人間が自分の手で書いたものではなく、国家官庁の事務所で偽の人間が偽の人間のためだけに考案できるような、ひどく事務的で冷たく、間が抜けていて血の通っていない、みすぼらしく抽象的で、ぎくしゃくしたものであった。そして、まるで人間に番号をつけて侮辱するように、どの座席の上にもまったく同じような字で番号がつけてあった。そしてそれと並んで、禁止事項、規則と忠告を書いた、同じくエナメルを塗った青銅の札がかかっていて、念入りにネジで止めてあった。喫煙は禁止され、窓から頭を出すこと、非常ハンドルをみだりに引っ張ることも禁じられていた。

非常ハンドル！　この非常ハンドルは、子供の頃から私にとっては汽車の備品のうちで最もすてきなもので、最も誘惑的なものであった。この非常ハンドルを引っ張ることが一度もできなかったのは、私の生涯を通じての意気地なさのひとつであった。何百回もの大小の旅行のたびに、私は「ハンドルをぐいと引っ張って汽車を止めたい」という欲望を感じた。とくに子供の頃にはそれを最も強く感じた。そうすれば、一分間のあいだ王様に、機関車、機関士、車掌、乗客、時刻表、国家とその禁止事項、秩序正しく整頓され、調整がゆきとどいて退屈なこの複雑な世界全体の支配者になれるだろうに、と思ったのである。ただこの楕円形のハンドルをぐいと引っ張れば、魔法を停止させ、旅客を狼狽させ、鉄道官吏たちを怒らせ、蒸気機関車を喘がせ、車両を振動させ、網棚の中のトランクをゆさぶることができただろうに。しかし私はこの望みを実行に移したことは一度もなく、そして今日も理由はわからないがそのハンドルを引くことはできなかった。

そのことを私は充分考えたものであった。ああ、なんと熱心に考えたものであろう！そしてすべてのことを想像したのであった。たとえば、跳んできた車掌の「なぜ非常ハンドルを引いたのか?」という質問に、「車室の中が暑くなりすぎて、エナメルの札とこの黒い数字と、禁止事項を書いた表と、書類カバンをもったあの紳士の顔を見ているのが我慢できなくなったので、ここで何が何でも降りなくてはならないのだ」と私が答える様子を思い描いたのであった。けれども、このハンドルを私は引かなかった。私は意気地なく、この欲求をもてあそんだだけだった。そして、それを実行する勇気をもてなかった。それほど臆病だったのである。

それに、少なくとも数字と禁止事項の表が、壁にかかっているだけならよかったのだが！　ところがそこにはそれらのほかに、ポスターが一枚かかっていたのである。そしてそのポスターは、世界じゅうのポスターがもつのと同じ目的でかけられていた。つまり、ある人びとがそれでお金をもうけようとしているのであった。そして、その人びとはこの場合にはまったく特殊な方法でその試みをしていた。すなわち、彼らの忌むべきポスターに救世主を、荊の冠をかぶった救世主を描き、その受難と死を利用して、なんとかお金をもうけたいと望んでいたのである。壁という壁からこの受難のキリストの顔が私を見つめていた。ひょっとすると、それは恐喝の試みかもしれなかった。この汽車に乗っているキリスト教徒をみなこのポスターで脅かして、神の似姿を冒瀆するこのポスターを撤回してもらうために一定額のお金を喜捨させようという意図なのかもしれない。

ところがそうではなかった。私は何人かの同乗客に尋ねてみたのである。すると、このポスターはそのような意図をもっていなかった。聞くところによると、この肖像は、お金もうけのほかに、芸術的な目的を遂行する任務ももっているというのである。すなわち、この山村のどこかで上演される演劇に招待する目的をもっていた。

私はこの奇妙な広告主の行為について、長いことじっくり考えてみた。イスカリオテのユダもキリストを裏切ったではないか。たしかにひじょうに頻繁に、救世主は裏切られた。彼はきっともう、それにはほとんどなれてしまったにちがいない。この人びとは、彼らの救世主のポスターで、大金をもうけることができるのだろうか？ おそらく三十個の銀貨のために裏切りをはたらいたユダよりはたくさんもうけることだろう。しかし、ユダは少なくともそのあとで首をくくったではないか！ このポスターの広告主のうちの誰かが銀貨を手に入れたら、そのあとで首をつるだろうか？ 私はそうは思わない。彼らにそんなことができるなどと、私は決して思わない。今日この頃、そんな話はめったに聞けるものではない。ユダの事件はほかの時代に、ほかの世界で起こったことで、その世界ではまだ、悪人にも、ならず者にもなんとなくまともなところがあって、正しいことは何かをわきまえていたのである。

私はしばらくのあいだ眼をつむった。私は今こそ次の駅で、そこがたとえ地獄そのものであっても降りようと心に決めた。もともと私はフライブルクまで行くつもりであった。しかしこの瞬間に、このばかばかしい旅を中断すること以上に差し迫って必要なことはこの世には何もないように思われた。私は手提げカバンを整理した。ふたを開けて、一番上においてあるオレンジをちょっと眼で味わい、数冊の新刊書を少し手でいじった。というのは、あの書類カバンをもった人間たちと救世主のポスターの跋扈（ばっこ）するこのわけのわからぬ時代の真っただ中にあっても、あいかわらずいくつかの出版社がたえず、とてもよろこばしく、とても美しい内容をもつ本を出版しているからである。

その中の一冊を私はもう読み終わっていた。それはオルダス・ハクスリー[2]の『恋愛対位法』（ドイツ語訳、インゼル書店）で、この上もなく才気に富み、少し冷淡ではあるけれど、おもしろい本である。私が持ち合わせていたそのほかの本は、ひとりの死者を、そして残念ながら死に絶えたひとつの時代を、あの短い美しい時代を思い出させる。一九一八年という、戦争で疲弊し、虚無と絶望の中で窒息しつつあったドイツから、燃え上がるように新しい、人道的で熱狂的な、コスモポリタン的な思潮が湧き起こり、革命の精神的な担い手となった時代である。このほんのわずかな数の、真正の精神的革命家のうちで、最も強い精神をもった人物はたしか、アイスナー[3]の友人のグスタフ・ランダウアー[4]であった。この種の数人の人物は、もちろん当時、反革命派の手できわめて残忍に撲殺された。そして、ドイツの革命の殉死者の仲間入り（しかし決して新しい共和国の聖人たちの仲間入りはしなかった！）をした。

　このグループに近い思想をもち、彼らと個人的にも精神的にもさまざまな面で親交のあった人物のひとりが、ルートヴィヒ・ルビナー[5]であった。彼もとうの昔に死んでしまった。彼が選抜編集した一八九五年から一八九八年までのトルストイの日記のすてきな新版（ツューリヒのラッシャー書店）は、今日ふたたび彼のことを思い出させる。ルビナーの行った選抜の方法と、彼のすぐれた序言は、ともにあのパッと短く燃え上がって消えてしまった一九一八年のあの革命的ドイツ思潮が咲かせた花のひとつである。

　私はこれらの本をカバンの中でそろえ、その上をパジャマでおおい（今日、私はいったいどこで寝ることになるのだろう？）、もうしばらくのあいだ辛抱する。私は「書類カバンの紳士」の眼を直視する。それは、想像力の欠如ゆえに成功をおさめた人間の、冷たい、勝利に輝く眼である。私は視線がエナメルの札やポスターのキリストの上に落ちようとするたびに目を閉じる。私はちらと考える。私の父が生まれた頃、一八四〇年代に、鉄道のごとき横暴で没趣味な発明品を導入することに猛烈に抵抗した王侯や大臣たちが数人いたということである。先見の明ある先人たちよ、君たちは当時耄碌爺（もうろくじじい）と見なされていた。しかし君たちが勝っていたらなあ！　しかし、君たちは夢想家であった。ドン・キホーテであった。誰も君たちの言うことなどに本気で取り合わなかった。君たちや私のような人間は、決してまともに相手にされることはないのだ。救世主でさえ、もう本気で相手にされていないではないか。彼もまた、現代人から見ると、ドン・キホーテである。あるいは現代人の愚者の言葉で言うなら、「ロマン主義者」である。

今、私たちの列車は速度を落とした。そしてまもなく私の見知らぬ小さな駅に停まるのだ。しかし機関車の煙に視野をさえぎられてその駅名を読むことはできなかった。その村が何という名であろうとかまわない。私は降りる。どこか近くにきっと森のほとりが見つかって、そこに寝そべって、雲を観察できるだろう。どこか近くに一筋の小川が見つかるだろう。そこで私は顔を冷やし、鱒をじっと眺めることができる。何年も前に一度、このように旅行を中断して、特別な幸運にありついたことがある。それはライン上流のほとりの[6]、眠っているような小さな町の門の前であった。私はそこの湿った草原で、ヤツガシラがヤツガシラ特有の求愛ダンスをその妻と舞っているのを見ることができたのである。

急がねばならぬ、手提げカバンをもって車両からよろめき出て、数本のレールをまたいで越え、近くにみごとな槲（かしわ）の高い森におおわれた小さな丘があるのを見て、それに向かって歩いて行く。停車場を通り過ぎたあとになってはじめて、私は自分がいる土地の名を知らないことに気がついた。まあ、ダマスクスとか東京ということはまずありえないだろう。それにそんなことは夕方になってから調べることができるのだ。

（一九二七年）

1　リンドヴルム＝アメリカの飛行士、チャールズ・A・リンドバーグ（一九〇二―七四）のこと。彼は一九二七年五月、ニューヨーク―パリ間を三十三時間で飛行した。

2　オルダス・ハクスリー（一八九四―一九六三）。イギリスの小説家、批評家。代表作『恋愛対位法』『ガザに盲いて』など。

3　アイスナー＝クルト・アイスナー（一八六七―一九一九）。ドイツのジャーナリストで政治家。反戦主義の立場から一九一七年独立社会党に加わり、ミュンヒェンにおける同党の指導者となった。一八年十一月、ドイツ革命の先頭に立って「共和国」を宣言、バイエルン共和国の首相となったが、翌年二月右翼将校に暗殺された。

4　グスタフ・ランダウアー（一八七〇―一九一九）。ドイツの作家で政治家。急進的社会主義と無暴力的無政府主義を唱え、アイスナー首相の暗殺が契機となって成立したレーテ（評議会）共和国の大臣となったが、五月、義勇軍団によって共和国が壊滅したときに虐殺された。

5　ルートヴィヒ・ルビナー＝本名エルンスト・L・グロムベック（一八八一―一九二〇）。ドイツの作家。革命的表現主義者であり、平和主義者であった。

6　ヤツガシラ＝ブッポウソウ目ヤツガシラ科の鳥。学名 *Upupa epops.* ユーラシア大陸南半、アフリカに生息。全長約二十五センチ。頭に冠毛があり、体色はピンクがかった褐色、羽は黒地に白の縞模様がある。クチバシは長く、先端は下向き。わが国では迷鳥。

*

火曜日になすべきことを　一度も
木曜日に延ばしたことがない人を
私は気の毒に思う　その人は
水曜日がどんなに快適なものか知らないから

断章25（年代不明）

花火

私が、現代の人類の誇りである多くのものをよろこばず、そのうちのたくさんのものを信用していないことを、私の友人も敵もとっくに知っていて、それを非難する。私は技術を信じない。私は進歩の思想を信じない。私は現代の華麗さや偉大さも、現代の何らかの「指導的理念」も信じない。それに反して私は、「自然」と呼ばれるものに無条件の敬意を払っている。

それにもかかわらず、私がとほうもなく讃美し、愛し、自然現象とまったく同じ程度に、むしろそれ以上に愛している若干の発明品や、人間が自然の力を出し抜いてつくりあげたものがある。カー・レースなどは、私を一メートルも部屋から誘い出すことはできないが、本物の音楽を一節聴いたり、ほんとうにすぐれた建築物を見たり、ひとりの詩人の詩を読んだりすることで、ひどく他愛なく気持ちが鎮められる。そして、このようなものをつくりだした人間精神を讃美するのである。

この辺の事情をよく観察してみると、私が好まず、信用しないのは、「有用な」発明品だけなのである。このような有用な業績は、つねに何らかの忌まわしい沈殿物を併せ持っている。それらはひどくけち臭く、ひじょうに狭量で、とても息の短いものである。それらが生まれた動機、すなわち、虚栄心や所有欲を私たちはすぐさま見抜くことができる。そしてこれら有用な文化現象は、いたるところに、不道徳という、戦争という、死という、隠された悲惨という、一本の長い尻尾を引きずっている。文明の通過したあと、地球には廃棄物とゴミの山があふれる。有用な発明の結果として、すてきな世界博覧会とエレガントな自動車ショーが催されるだけでなく、それらのあとに続いて、青ざめた顔をしたひどい低賃金で働く鉱山労働者がやってくる。それらのあとに病気と荒廃がやってくる。そして人類は、蒸気機関車とタービンをもつ代わりに、地球の景観と人間の心に加える際限のない破壊でその支払いをするのである。

その反対に、人間がヴァイオリンを発明したこととか、誰かが『フィガロの結婚』のアリアを書いたことに対しては、どんな代価も支払う必要がないのである。モーツァルトやメーリケ[1]は、世界にとってひどくお金のかかる存在ではなかった。彼らは日光と同じように安いものであった。工場などの事務所に勤めるどんな社員でさえも、彼らよりは高くつくのである。

しかし、すでに言ったように、ある種の発明品はさすがである！　主として役に立たぬもの、暇つぶしのためのもの、遊び半分のもの、そして無駄遣いになるもの、というような性格をもつ発明品はすべて、私は子供の頃から熱烈に愛してきた。このような製品のうちには、音楽、詩文の分野の作品だけでなく、まだ若干のものがある。ある製品が実用の役に立たないものであればあるほど、何らかの生活の必要を満たすことが少なければ少ないほど、贅沢品、暇つぶし、他愛ないという性格をより多くもっていればいるほど、私はそれらを好ましく思う。

そしてこの点で人類は、ほんとうは必ずしも見せかけだけではないこと、つまり外見ほどに際限なく実用的で役に立つものばかりに夢中になるわけではなく、それほど貪欲で打算的では決してないのだということを知るのは、私にとってひとつのすばらしい、そして珍しい体験である。

ごく最近、私はまたこの事実を証明するすばらしい経験をした。湖畔にある私たちの小さな町が、大がかりな花火を打ち上げたのである。この花火は、長い休止時間も含めてちょうど一時間続いた。そして、ある人が私に請け合ったところによると、かなり多額のスイス・フランがかかったそうである。それを聞くと私は心から楽しくなる。市当局と観光協会と市民の有志が協力して、私やほかの多くの人びとを有頂天にさせたが、本格的な国民経済学者や、生粋の功利主義者なら誰でも、ただのばか騒ぎと思うにちがいないことを実現したのである。彼らは自分たちと、目下この町に滞在している湯治客を、一度本格的に楽しませてみようと決議したのであった。彼らはこの世で最もすばらしく、最も無益で、最も素早く、最もきまぐれで、最も愉快な方法で、あまった数万フランを空中に発射することを決議したのだ。

そして彼らはみごとに成功した。そう私は言わずにはいられない。それは壮麗なものであった。それは猛烈な炸裂音で、あらゆる戦争と殺人のパロディーで始まった。つまり創意ゆたかな人間が自分の目的のために利用することができるようになったあの爆発の原動力を、音楽的におどけたやり方で使用することで始まったのである。それはこんなふうに進行した。実弾射撃のかわりに空砲が打たれた。砲弾のかわりにロケットが飛んだ。榴散弾のかわりに照明弾が現れた。負傷のうめきのかわりに歓声が上がった。換言すれば、この費用のかさむ戦争は、膨大な量の火薬を浪費したにもかかわらず、実に無害に、好ましく、とても多彩に楽しく、思う存分荒れ狂ったので、それはひとつのよろこびとなった。

そのほかにこの戦争は、このひじょうに賢明にそして綿密にあらかじめ熟慮し、計算して行われた大規模な作戦行動は、ふつうの戦争のように愚かで間の抜けたものには決してならなかった。手榴弾を使ってする戦争も、つまり本物の戦争も、将軍たちの戦争も、もちろんたいていの場合ひじょうに賢明で綿密な作戦計画にもとづいて行われる。ただ残念ながら、それはいつも計画とはまったくちがった結果に終わる。そしてあげくのはてに、厳密に計算した技術的な行動を実施するかわりに、予見しなかった、そして誰もよろこぶことができない、ひどい混乱状態に陥って身動きがとれなくなってしまうのである。

しかしこの壮麗な小規模な戦争では、すべてあらかじめ考えられたように進行した。序曲、前奏曲、上昇、減速という順を踏んで進行した。そしてみごとな最終効果まで、すべてが一貫して望みどおりに進行した。それは、たくさんの戦争で参謀本部の作戦計画に反してたいていの場合起こるようなめちゃくちゃで、凶暴な事件ではなかった。そうではなくて、それは純粋に精神的な、純粋に遊戯的な、完全に理想的な出来事であった。

そもそも解決しなければならない問題があったのである。数万フランというお金をできるかぎり短時間に、何ら悪い結果を引き起こすことなく、できるだけ多くの人を楽しませるために、どんな方法で使ったらよいかという問題である。この問題は、天才的な方法で完璧に解決された。これは、それぞれ数千フランのいくつかのロケット花火の大きな束に分けられて、ことごとく、短時間のうちにうなりをあげて空中を疾駆した。この行事のどの瞬間も、花火師の意図にしたがって進行した。シンフォニーが、楽譜（スコア）の呪文のような指図にしたがって終始一貫して演奏されるように、このプログラムは進められた。そしてこの過程のあらゆる瞬間が私たちを完全に緊張させ、楽しませたのである。すべての崇高で真正の芸術によって獲得されるものと同じものが、この花火によってなしとげられた。つまりこの花火は精神が火花のように閃光を放つ神性の生活空間を私たちに思い出させ、すべての美しいものが素早く消滅して枯死することに対する物悲しい微笑みと、浪費的な見世物を思い切って肯定する気持ちを味わわせてくれたのである。

もしかするとこの花火のあいだじゅう、「もしこの美しくはかない見世物にかけたお金の十分の一か二十分の一でももらえたら、どんなに助かることだろう」とときどき思った何人かの貧しい人が観客の中にいたとしても、――それはわずかな例外であった。観客の多数は――それはこの夕べのお祭り気分の中にはっきりと感じとれた――そんなつまらないことは考えていなかった。彼らは仰天して、目をむいて、ぐっと頭をのけぞらせて立っていた。笑っている人もいれば、口をつぐんでいる人もいた。みんな有頂天になり、魅了され、この出来事の美しさに感動していた。計画どおりにすべてが進行していること、明らかに何の実利も生み出さないこと、火薬と光と精神と知力の膨大な浪費に、「無」のためにここで行われているこのとほうもない贅沢全体に、ただつかの間のささやかな楽しみを満喫するためにここに動員されたこの費用のかさむ、そして気のきいた催し全体に、感動したのである。あえて言わせてもらえば、私はこの魅了された観客の大多数がそこで抱いた感情は、毎日曜日に礼拝者が説教を聞くときに抱く敬虔な気持ちに近いものであったと思ってさえいるのである。

たしかに私の友人や敵たちは、私のことをあらさがし屋だと呼びたがっている。が、ほんとうに私がそうであったなら、この花火のすばらしい見せかけの裏にも悪事を嗅ぎつけることはそれほどむずかしいことではないだろう。いずれにしてもホテル経営者たちと、市当局の幹部職員たちが、自分たちのお金を捨てるためではなくて、その反対に回り道をしてお金をもうけるためにこの行事全体を行ったことはありうることだろう。この空に舞い散ったお金のほとんどが辛抱づよく深慮遠謀をめぐらして、来るべき戦争に備えている者たちのところに、すなわち爆薬などの製造者のところに行きつくということはありうることだろう。手短に言えば、このすてきな、ささやかな花火体験の価値をも台なしにしようと思えば、それほど高い知能を必要とはしないであろう。しかし、私はそんなことをしようとはみじんも思わない。

私は今もなお、あの黄金の巨大な花のうてなから、シュッと音を立てて飛び出し、激しいにわか雨のように降った緑や赤の小さな星に魅了されている。そして天空の半分を占拠したかと思うと、一瞬のうちに跡形もなく消え失せてしまったあの巨大な火の花そのものを見て、ひじょうなよろこびに満たされている。ほんとうに私は今もなお魅了されている。それほどすばらしいものだった。――たとえば赤い火花の雨が、こまかい雪片が降るように音もなくヴェールのようにふわりと夜空に消えてしまうさまや、その火花の雨のあとに、名状しがたいほど見慣れない感じの、花火とは全然違った材料でつくられたように見えるほんものの星がふたたび現れてくる様子などに魅了されているのである。

あの一風変わった無愛想なロケット花火も気に入った。それはすさまじい勢いで、それも荒々しく空に突進し、どう見ても三十分のあいだは絶対に空全体にその威力をふるうつもりであったとしか思われない――ところが、その進路の半分の高さまでも昇らないうちに、まったく突然に怒ったような短い炸裂音とともに姿を消してしまうのである。それはちょうど、大きな祝宴に出席する決心をして、燕尾服を着用し、もらった勲章を全部飾って宴会場に赴いた紳士が、そのホールの中を見て、突然嫌気がさし、口をへの字に結んでクルリと回れ右をして、「チェッ、おまえたちなんぞ……」とぶつぶつ独りごとを言いながら立ち去るのに似ている。

（一九三〇年）

1　メーリケ＝エードゥアルト・メーリケ（一八〇四―七五）。ロマン主義から写実主義への過渡期に活躍したドイツの詩人・小説家。『詩集』のほか、『画家ノルテン』『プラハへの旅路のモーツァルト』等の小説がある。

＊

私たちは、ひとつの時代の晩秋に、破滅に瀕し、崩壊する一方の世界に生きています。その世界は多くの人びとにとって地獄となり、ほとんどすべての人びとにとって、住みにくいところとなってしまい、この世界の脅威は増大するばかりです。この破滅が完了するまでにまだ何百年かかるのか、何十年かかるのか、何年かかるのか、その決定的な破局は、原子力戦争で人類が自滅することになるのか、道徳と政治の破滅なのか、人間自身が自分でつくったさまざまな機械に制圧されることになるのかどうかということは、問題ではありません。

——私たちは、インド人の考え方によれば、シヴァ神[1]が新しい被造物の住む空間をつくりだすために、踊りながら世界を無残に踏みつぶすという、あの時点に向かって進んでいるのです。私たちは、世界の歴史が、つまり私たちの時代の歴史が、徐々に衰弱に向かってゆくのを見ています。たとえば、世界の大国の過度に強力になりつつある現状や、無分別な物量戦や、動植物の無数の種の絶滅や、都市と地方の景観の美しさと快適さの衰滅や、工場の悪臭や、河川海洋の汚染や、それに劣らず、言語、価値観、言論、および哲学・宗教の堕落と退廃などにそれが見られるのです。

このように世界が音もなく急激に速度をまして崩壊している一方で、技術上の知識と業績が目もくらむような高度成長を続けていること、私たちが近い将来、急激な技術上の進歩という遠心分離機によって、宇宙に投げ出してもらえるようになるということを、考え深い人びとは憂慮していますが、むしろたくさんの一般大衆はそれをひとつの慰めと考えているように思われます。

断章26（一九六〇年）

1　シヴァ神＝ヒンズー教の三主神のひとつ。破壊と創造、死と生殖をつかさどる神。仏教に入って大自在天となった。湿婆とも書く。

夜の思い

われら人間は互いに殴り殺しあっている
誕生と墓場のあいだで貪欲に動きまわり
恐怖におののき　情熱に赤く燃え上がる
不安のためにわれらが選んだ支配者の前に這いつくばり
将来の幸せについての作り話に耳を傾ける
永遠に明日のために今日を犠牲にし
安らぎなく保護もされずに生き
遠い昔を羨望の思いで回顧する
未来と昔の二つの楽園のあいだで
われわれには地獄が住み処として決められている
そしてわれらはこの地獄の生活に偽装の目的と
偽りの意義を与えようと努力し
どんな時代もわれらの時代ほど絶望的で
残酷であったことはないと知っていると思い込む

死をそれほど近くに感じ　幸せが遠くにあると感じ
腹を立て　純粋さを　光を　救済をあこがれる

けれどわれらを支える大地は頼もしく堅固だ
そこでは自然が母のように黙々とつとめを果たしている
自然は「成れ」という永遠の命令を　種とつぼみの形で表現し
われら自然の子らが不安で泣き叫んでも——ただ微笑むだけだ

見よ　われらの頭上には恩寵が　避難の場所が
自然に劣らず微笑みながらわれらを待っている
精霊は約束と慰めにあふれて　さ迷える子らを待っている
その子らのうちの多くを精霊は母なる自然へと追い返す
一方　精霊はほかの子らを導いて光の中へ昇らせる
永遠の二つのもの　大地と霊界のあいだに
母と父の世界のあいだに高々と
世界の魂　愛の奇跡は花を咲かせる
それは混乱した世界の喧噪を調和の響きに変え

われらの悪寒を魔法を使って燃え立たせ
われら同士を結びつけて聖なる合唱隊をつくりあげる

苦しんでいる友よ　希望もなく
君の暗い道を行く友よ
君にも愛の恵みは開かれている
君が孤独に虚無の中に立ち
幸せももたず生きる意義ももたず　心も生命力もない
残酷な世界の恐怖に取り囲まれて生きていると思っても
いたるところで苦しんでいる同胞は君を待っているのだ
目を開け　認識せよ　そして他の人びとに
君の心を打ち明けるのだ！　貧しい人に与えるパンを
君がもたぬなら　慰めと助言をもたぬなら
彼らに君自身を与えよ　君の苦しみを　君の困苦を
君と同じく心を開かぬ人びとと話をせよ
そして言葉によって　まなざしと身振りによって
愛を君の心に受け入れよ　そうすれば年老いた忍耐強い大地と

父なる精神は　精神の意義と永遠の力を
君に開いて見せるだろう
君は混沌の中にふるさとを発見するだろう
そしてわけのわからない恐怖は　目に見え
耐えられ　解明できるものとなる　そうすれば君は
君の地獄の縁のただ中で目を覚まし生きつづけるだろう

（一九三八年）

＊

「闘争」が私にとってもはやまったく魅力をもたなくなって以来、非戦闘的な生き方、気高く苦しみに耐える態度、静かに一切のものを超越した生き方が、すべて私には好ましく思われるようになりました。こうして私は闘うことから苦しみに耐える生き方への道を、決してたんに否定的意味をもつだけではない忍苦の思想を、徳の思想を発見したのです。それは孔子からソクラテスやキリスト教にいたるまでつねに同じものなのです。古代中国の書物に書かれている「賢人」あるいは「完全無欠な人」は、インド人とソクラテスの言う「善なる」人間と同じタイプの人間なのです。このような人は、「いつでも人を殴り殺す心構えをする」ことからではなく、「いつでも進んで撲殺される覚悟」をもつことから生きる力を得ているのです。仏陀からモーツァルトにいたるまでの、あらゆる形の高潔さ、あらゆる形の価値、人生における業績の完全な純粋さと一回性は、そこにその根源をもっているのです。

断章27（一九三二年）

＊

良識をもつ人間である私たちはみな、現代では絶望して生きています。そしてそのために神と虚無とのあいだに置かれています。神と虚無とのあいだで私たちは呼吸し、神と虚無とのあいだを揺れ動き、振り子のように行ったり来たりしているのです。私たちは毎日、この人生を投げ捨ててしまいたいという欲求を感じます。それでもなお私たちの心の中の超個人的なもの、超時間的なものに支えられて生きているのです。こうして私たちは別に英雄でなくとも、私たちの弱さを強さに変えることができます。こうして私たちは先祖から受け継いできた信仰の財産を少しばかり、後世の人びとのために守るのです。

断章28（一九四八年）

＊

世界の状態は全体として…ひどく病的で、危険をはらんでいるので、人類に対する信頼と他の人びとと協力して働きたいという気持ちをなくしてしまいかねません。けれども、私の場合、まさにこの意気阻喪の状態から、無駄であるように思われることをやはり続けてゆこうという我意と、反抗的な意志が、またいつも湧いてくるのです。

断章29（一九六一年）

＊

神が考えたような人間、諸民族の詩文と知恵が数千年にわたって理解してきたような人間とは、自分の役に立たないようなものに接しても、それによろこびを感じる能力、つまり美を解する感覚器官をそなえてつくられている。美から得られるよろこびには、つねに精神と感覚とが同じ割合で関与している。そして、人間が逆境と危険のさなかにあってもそうしたものを楽しむことができるかぎり——たとえば自然や絵画の中の色彩のたわむれや、嵐や海の声や、人間の奏でる音楽の声の中の呼びかけなどからよろこびを得る能力をもつかぎり——この世界の利益と実用という表面の裏に、世界を不可分一体のものとして見たり感じたりすることができるかぎり——つまり、じゃれている子猫の首をまわす動作から、一曲のソナタのヴァリエーション演奏にいたるまで、一匹の犬の心打たれるまなざしから、詩人の悲劇作品にいたるまですべてに関連があり、そこに無数のゆたかな関連、対応、類似、反映があり、それらすべてを分けることができず、それらがひとつになって形成している世界が見えたり、感じたりするようになってくるかぎり、そしてそれらからつきることなく流れ出る言葉を聞く者が、よろこびと知恵、楽しみと感動を得ることができるかぎり――そのかぎり、人間はたえず人間そのもののいかがわしさを克服し、くりかえし自分の存在を意義あるものにすることができるであろう。なぜなら、意義とはまさに、多様な事物を統一するものであり、言い換えれば、精神のもつあの能力、すなわち世界の混沌とした現象を通してその背後にある統一と調和を直感できる能力だからである。

断章30（一九四九年）

青い蝶

ひとつの小さい青い蝶が
風に吹かれて飛んでゆく
真珠母(しんじゅぼ)色(いろ)のにわか雨が
きらきらちらちら消えてゆく

そのように一瞬きらめきながら
そのように風に飛ばされて
幸せが私に合図しながら
きらきらちらちら消えていった

（一九二七年）

＊

冷たいネオンの光に照らされた、一見、完全な意識と理性の領域へ通じる道があります。しかしこの領域を通り過ぎた者は、ふたたび自然の支配する土地、ふたたび暖かい領域、ふたたび素朴と愛の領域に戻ります。この冷たい領域から逃避することによってではなく、この領域を超克することによって、それらのものに到達することができるのです。これらのものはまた、手に入れても失われることがあるでしょう。そしてまた手に入れることができるでしょう。

断章31（一九五八年）

＊

快活さは、浮かれた気分でもうぬぼれの表れでもない。それは最高の認識から生じ、愛から生じる気分だ。それは、現実の一切を肯定する気分であり、あらゆる形の深淵と破滅の淵にのぞんで、なお、目覚めている状態である。それは聖人や騎士の徳目である。それは決して破壊されず、年老いるとともに、死に近づくにつれて増大する。それは「美」の秘密であり、あらゆるジャンルの芸術の本質である。踊るような詩のステップで人生のすばらしさと恐ろしさを称讃する詩人、それらを音響に定着させ、その音楽が鳴りひびく瞬間に聴く者にそれらを見せてくれる音楽家は、はじめは私たちを涙と苦しい緊張の中を導いてゆくことがあっても、私たちに光明をもたらす者であり、この世のよろこびと光明を増やす者である。

私たちを魅了する詩を書いた詩人は、悲しい思いをした孤独な人であったかもしれないし、音楽家は憂鬱症の夢想家であったかもしれない。しかしそうであったとしても、彼の作品は神々と星辰（せいしん）の快活さをもっている。彼が私たちに与えるものは、彼の暗い魂、彼の苦しみや不安ではない。それは一滴の澄み切った光、永遠の快活さである。諸民族と言語が総がかりで神話、宇宙進化論、宗教などにおいて、世界の深みを究明しつくす試みをしても、到達できるもののうち究極のもので最高のものは、この快活さである。

断章32（＊一九四三年）

＊

私は、ある確固たる体系化された教義の主唱者ではありません。私は成長を続け、変転しつづける人間です。そしてそういうわけで私の著作には「誰でもみな孤独である」という信条のほかに、もうひとつのことも書いています。たとえば『シッダールタ』全巻は、「愛に対する私の告白」にほかなりません。そして同じ告白が私のほかの著作にもあります。私は何度も「現代と、この現代精神との中では実際に生きる価値のある本物の生活をすることはまったく不可能だ」と、熱意を込めて表明してきました。それでもなお私が生きているのは、この時代、虚偽と物欲と、狂信と暴力に満ちたこの世界に私がまだ殺されなかったのは、二つの幸運な事情のおかげです。そのひとつは私が先天的に自然と深くつながった性格を多分にもつという事実であり、もうひとつは、私が同時代の告発者で、敵であるにもかかわらず、詩文を書くという境遇のおかげなのです。こういう事実に恵まれていなかったら、私は生きることはできないでしょう。そしてこれがあってさえ、私の生活は、しばしば地獄のようなものなのです。

断章33（一九三一年）

嬰ト音と変イ音

君が愛し　努力して得たもの
君が夢見　実際に体験したもの
それを君はまだ確信することができるのか
それがよろこびであったか　苦しみであったかを？

嬰ト音と変イ音　変ホ音と嬰ニ音
これを耳で聞いて区別できるのか？

（一九六二年）

さようなら　この世さん

この世はこなごなに砕けている
かつて私たちはこの世をとても愛していた
今　私たちにとって死ぬことが
もうそんなに恐ろしいものではない

この世を非難してはならない
この世はとても多彩で荒々しい
太古の魔法が今もなお
その姿のまわりに吹きそよいでいる

私たちは感謝して別れを告げよう
この世の大きなたわむれに
この世は楽しみと苦しみを
愛をたくさん与えてくれた

さようなら　この世さん
ふたたびつややかに装うがよい
私たちはあなたの幸せと
あなたの苦しみを充分に味わった

（一九四四年）

出典

◎「ささやかな楽しみ」Kleine Freuden（一八九九年執筆）。遺稿集『ささやかな楽しみ』Kleine Freuden（一九七七年）より。

◎「それを忘れるな」Vergiß es nicht（一九〇八年執筆）。『詩集』Die Gedichte（一九七七年）所収。

◎「無為の技」Die Kunst des Müßiggangs（一九〇四年執筆）。遺稿集『無為の技』Die Kunst des Müßiggangs（一九七三年）より。

◎「美しい今日」Schönes Heute（一九〇三年執筆）。『詩集』所収。

◎「眠られぬ夜」Schlaflose Nächte（一九〇〇年執筆）。『無為の技』より。

◎「夢」Traum（一九〇八執筆）。『詩集』所収。

◎「精神の富」Der innere Reichtum（一九一六年執筆）。『無為の技』より。

◎「孤独な夜」Einsame Nacht（一九〇一年執筆）。『詩集』所収。

◎断章1　『ゲルトルート』Gertrud（一九〇九—一〇年執筆）より。

◎断章2　『ゲルトルート』より。

◎断章3　一九〇八年の未公開書簡より。

◎断章4　『ツァラトゥストラの再来』Zarathustras Wiederkehr（一九一九年執筆）より。
◎「夜の行進中に」Auf einem nächtlichen Marsch（一九一五年執筆）。『詩集』所収。
◎「古い音楽」Alte Musik（一九一三年執筆）。エッセイ集『考察』Betrachtungen（一九二八年）より。
◎「運命の日々」Schicksalstage（一九一八年執筆）。『詩集』所収。
◎「都市」Die Stadt（一九一〇年執筆）。『小説全集』Gesammelte Erzählungen（一九七七年）より。
◎「つながり」Zusammenhang（一九一二年執筆）。『詩集』所収。
◎「おまえはほんとうに幸せか？」Bist du eigentlich glücklich?「夕方になれば」Wenn es Abend wird（一九〇四年執筆）より部分印刷。エッセイ集『絵本』Bilderbuch（一九二六年）より。
◎「幸福」Glück（一九〇七年執筆）。『詩集』所収。
◎断章5　一九三一年の未公開書簡より。
◎日記の一部　Ein Stück Tagebuch（一九一八年執筆）。エッセイ集『考察』より。
◎「どちらでも私には同じこと」Beides gilt mir einerlei（一九一三年執筆）。『詩集』所収。
◎「芸術家と精神分析」Künstler und Psychoanalyse（一九一八年執筆）。エッセイ集『考察』より。

◎「安らぎなく」Keine Rast（一九一三年執筆）。『詩集』所収。
◎「雲におおわれた空」Bewölkter Himmel『徒歩旅行』Wanderung（一九二〇年）より。
◎断章6　一九六一年の未公開書簡より。
◎断章7　一九四七年の手紙。『書簡選集』Ausgewählte Briefe（一九七四年）より。
◎「きみもそれを知っているか？」Kennst du das auch?（一九〇一年執筆）。『詩集』所収。
◎「不安を克服する」Die Angst überwinden小説『クラインとヴァーグナー』Klein und Wagner（一九一九年）からの抜粋。
◎断章8「内と外」Innen und Außen（一九一九年執筆）からの抜粋。『小説全集』より。
◎断章9　一九六〇年の手紙。『書簡選集』より。
◎断章10　一九二四年の手紙。『書簡全集』Gesammelte Briefe 第二巻（一九七九年）より。
◎断章11　一九三三年の手紙。『書簡選集』より。
◎断章12　小説『ペーター・カーメンツィント』Peter Camenzind（一九〇四年）より。
◎断章13　一九二八年の手紙。『書簡選集』より。
◎「困難な時代に生きる友人たちへ」An die Freunde in schwerer Zeit（一九一五年執筆）。『詩集』所収。
◎「つねに新たな自己形成を」Immer neue Selbstgestaltung 小説『荒野の狼』Der Steppenwolf（一九二七年）より。

◎断章14　一九四九年の手紙。『書簡選集』より。
◎断章15　一九三〇年執筆。『東洋への旅』Die Morgenlandfahrt（一九三二年）より。
◎断章16　一九三一年の手紙。『書簡選集』より。
◎断章17　一九五三年の手紙。『書簡選集』より。
◎「苦しい道」Der schwere Weg（メールヒェン）（一九一六年執筆）。『メールヒェン』Märchen（一九一九年）より。
◎断章18　一九三〇年執筆。『東洋への旅』より。
◎断章19　一九三七年の手紙。『書簡選集』より。
◎断章20　一九三五年の手紙。『書簡選集』より。
◎断章21　『クリングゾルの最後の夏』Klingsors letzter Sommer（一九二〇年）より。
◎日記 Tagebuch―ある病ののちに―（一九二〇―二一年執筆）。『ヘッセのシッダールタ資料集』Materialien zu Hesses Siddhartha（一九七五年）より。
◎「内省」Einkehr（一九一八―一九年執筆）。『ささやかな楽しみ』より。
◎「すべての死」Alle Tode（一九一九年執筆）。『詩集』所収。
◎「神経過敏症の疑いあり」Ein verdächtiges Plus an Sensibilität 手記『湯治客』Kurgast（一九二五年）からの抜粋。
◎「口笛を吹く」Pfeifen（一九二七年執筆）。『詩集』所収。

◎断章22　『ニュルンベルクの旅』Die Nürnberger Reise（一九二七年）より。
◎断章23　『ニュルンベルクの旅』より。
◎「町への遠足」Ausflug in die Stadt（一九二五年執筆）。『無為の技』より。
◎「心理学」Psychologie（一九五九年執筆）。『詩集』所収。
◎断章24　『湯治客』より。
◎「詩人の最期の歌」Sterbelied des Dichters（一九二六年執筆）。『詩集』所収。
◎「不可能なことを新たに試みる」Das Unmögliche neu probieren!「読書についての意見」Gedanken über Lektüre（一九二六年執筆）からの抜粋。『ヘッセの荒野の狼資料集』Materialien zu Hesses Steppenwolf（一九七二年）より。
◎「どこかあるところに」Irgendwo（一九二五年執筆）。『詩集』所収。
◎「嘆き」Klage（一九三四年執筆）。『詩集』所収。
◎「夏の鉄道旅行」Sommerliche Eisenbahnfahrt（一九二七年執筆）。『無為の技』より。
◎断章25　成立年不明の戯作詩。
◎「花火」Feuerwerk（一九三〇年執筆）。『無為の技』より。
◎断章26　一九六〇年の手紙。『書簡選集』より。
◎「夜の思い」Nachtgedanken（一九三八年執筆）。『詩集』所収。
◎断章27　一九三三年の手紙。『書簡選集』より。

◎断章28　一九四八年の手紙。『書簡選集』より。
◎断章29　一九六一年の手紙。『書簡選集』より。
◎断章30　「幸福」Glück（一九四九年執筆）。『晩年の散文』Späte Prosa（一九五一年）より。
◎「青い蝶」Blauer Schmetterling（一九二七年執筆）。『詩集』所収。
◎断章31　一九五八年の手紙。『書簡選集』より。
◎断章32　『ガラス玉遊戯』Das Glasperlenspiel（一九四三年）より。
◎断章33　一九三一年の手紙。『書簡選集』より。
◎「嬰ト音と変イ音」Gis und As 詩「四月の夜に記す」（一九六二年執筆）の一部。『詩集』所収。
◎「さようなら　この世さん」Lebe wohl, Frau Welt（一九四四年執筆）。『詩集』所収。

訳者あとがき

ヘッセ詩文集はおよそ年一冊の割合で刊行してきたが、『愛することができる人は幸せだ』以来まる二年が経過してしまった。この間、多くの方々から詩文集の刊行を待望するお問い合わせをいただいた。この中断は、私が『ドイツ文学案内』(朝日出版社)の増補改訂版の仕事にかかっていたためである。本書の上梓を機会にまた以前のペースに戻れればと思っている。

本訳書の底本は、フォルカー・ミヒェルス編「ヘルマン・ヘッセ読本」全六巻の一冊、危機と変転をテーマとする『地獄は克服できる』HERMANN HESSE "Die Hölle ist überwindbar." Krisis und Wandlung. Zusammengestellt von Volker Michels. Vierte Auflage 1995. Suhrkamp Verlag である。なお、この底本は二〇〇〇年四月から"Das Leben bestehen"(『人生を乗り切る』)と改題されて刊行されている。

ここには、抒情詩が二十二篇、原タイトルのエッセイ、評論、日記、メールヒェン等が十五篇、書簡・エッセイ・小説等からの抜粋で編者によるタイトルが付されたものが五篇、タイトルのない断章が三十三篇収められている。ただし小説『荒野の狼』からの長文の抜粋「荒野の狼論——狂人のために——」（原本一五五—一八二頁）のみは、編者の許可を得て割愛した。『荒野の狼』の翻訳は容易に入手可能なので、作品全体を読んでいただきたいと思ったからである。

ヘッセの人生は五十歳を過ぎる頃までは苦難の連続であった。十三歳のときに「詩人以外のものにはなるまい」と固く決心してから、周囲との衝突が始まり、苦しみが始まった。両親にも、学校にも、宗教や道徳にも、外部からの強制にはことごとく反抗した。名門の神学校も中退し、以後どこの学校にも落ち着くことができず、どんな仕事についても長続きしなかった。精神病院に入れられ、自殺を図ったこともある。しかしヘッセはそれらの苦しみを乗り越えて自分の望みを貫き、詩人として世に認められるようになった。

順調に運ぶ見通しがついた矢先に、第一次大戦が勃発、戦争讃美の時流に従わなかったヘッセは、ドイツのジャーナリズムから非難・弾劾され、友人たちからも見放された。さらにスイスでの戦争捕虜援護活動の激務で過労に陥っていたヘッセは、父の死、息子の病気、妻の精神病の悪化等、相次ぐ不幸に追い討ちをかけられ、ひどい精神障害にかかって、精神分析の治療を受けなければならなかった。このの ちヘッセは、「自分の苦しみの責任を自分の外部にではなく、自分の内部に求める」ようになる。

戦後、ヘッセは祖国を捨て、家族とも別れて、単身スイス南端の地に住んで再起を図った。彼の作風は一変し、ひたすら「内面への道」をたどる求道者的な性格を帯び、西洋文明に対する懐疑と、東洋の宗教や思想(バラモン教、仏教、中国思想等)への接近が大きな特徴となってくる。力作『シッダールタ』を完成した後も苦難の道は続く。別居中の妻と離婚、スイスの若い女性と結婚したが三年で離婚して、また精神的にも肉体的にも危機に陥った。この苦悩を吐露した作品が『荒野の狼』や詩集『危機』である。ヘッセが安定した晩年を迎えることができたのは、五十四歳になって不便なアパート生活から新居に移り、三度目の結婚をしてからのことである。

地獄を目がけて突進しなさい。地獄は克服できるのです。(本書一三九頁)

ヘッセは、さまざまな苦しみから決して逃れようとせず、その苦しみの中に飛び込んで行くことによってそれを克服した。つまり、苦しみをあるがままに受け入れて、味わいつくすことによってそれを乗り越えたのである。ヘッセは科学も政治も信じなかったが、大自然の法則と、何千年の伝統をもつ人類の叡知を信じていた。また彼は生涯、特定の宗教や教会とは無縁であったが、つねに宗派を超越した、滅びることのない宗教を信じていた。

本書には、このようなヘッセの世界観や人生観がもっとも多く表明されているように思われる。本書を訳しながら私は大きな慰めを得た。本書は、いわば日常のさまざまな精神的・物質的苦しみを切り抜けるための処方箋を集めたものといえるかもしれない。

難しい表現が多く、翻訳は難渋したけれど、幸いにして今回も、ケルン大学教授ハンスユルゲン・リンケ博士御夫妻から多大のご教示とご助言を戴くことができた。心から謝意を表する次第である。

出版に当たっては、草思社の木谷東男編集長と、相内亨氏に大変お世話になり、ご苦労をかけた。厚くお礼を申し上げたい。

二〇〇〇年　師走　　　　　　　　　　　　　　岡田朝雄

文庫版あとがき

『地獄は克服できる』が草思社文庫に収められることになった。全体を若干の修正を加えながら読み直し、私はまた大きな慰めを得た。特に印象に残ったところを記しておきたい。

…私はこの年月のあいだに、職業を失い、家族を失い、故郷を失った。世間とのつきあいはまったくせず、孤独で、誰にも愛されず、多くの人びとに不審の眼で見られ、世論や世間の道徳とたえずひどい悶着を起こしていた。そしてまだ外見的には市民的な生活をしていたものの、この世界の真ん中にいながら、自分はアウトサイダーであることを痛感し、確信していた。

宗教、祖国、家族、国家というものは、私にとっては価値を失い、私とは何の関係もないものとなっていた。学者や同業仲間や芸術家のもったいぶった態度に私は吐き気をもよおした。かつて私に才能のある人気作家という栄光をもたらした意見や趣味や思考法は、今ではすっかり混沌としたものとなり、人びとからいかがわし

く思われるものになっていた。（中略）

自殺が、愚かで、卑怯で、卑しいものであり、不名誉な、恥ずべき非常手段であろうとも、——このような苦しみの碾臼から脱出するためには、どんな手段でも、たとえこの上なく破廉恥な手段でも、心から望ましいものであった。…ここでは私はちょっとした一時的な苦しみを選ぶか、計り知れないほど激しい、果てしない苦しみを選ぶかの選択に迫られていた。（本書一四三〜一四六頁）

これは、ヘッセが五十歳のときに発表した小説からの引用である。小説だからフィクションかというと、そうではない。ヘッセが実際に体験したことである。まさに八方塞がりの地獄である。ヘッセはこの苦しみから逃れるために、自殺まで考える。そして自殺を試み、それを作品にも描いた（「不安を克服する」参照）が、実際は自殺することなく、地獄の苦しみを味わいつくして、それを克服した。

私は何度も「現代と、この時代精神との中では実際に生きる価値のある本物の生活をすることはまったく不可能だ」と、熱意を込めて表明してきました。それでもなお私が生きているのは、この時代、虚偽と物欲と、狂信と暴力に満ちたこの世界に私がまだ殺されなかったのは、二つの幸運な事情のおかげです。そのひとつは私が先天的に自然と深くつながった性格を多分にもつという事実であり、もうひとつは、私が同時代の告発者で、…詩文を書くという境遇のおかげなのです。こういう事実に恵まれていなかったら、私は生きることはできないでしょう。そしてこれがあってさえ、私の生活は、しばしば地獄のようなものなのです。（本書二九五頁）

これは、五十四歳のときの文章である。

ヘッセは幼少期から生涯にわたって動植物をはじめとする自然を愛し続けた。そして、十三歳の時に「詩人以外の何者にもなりたくない」という決意をして、生涯詩人として生きた。

二十七歳のときの出世作『ペーター・カーメンツィント』（『青春彷徨』『郷愁』）は、ヨーロッパの工業化と自動化の会社設立ブーム時代、開発によって脅威にさらされた自然への讃歌であり、自然環境と調和して生きてきた人間の生き方に捧げられた讃歌であった。

自然はすばらしい。毎年同じことが繰り返されるのに、自然はいつも新鮮で、飽きることがない。これに対して人間の発明するものは、それが便利なものであればあるほど寿命は短く、一年も経てば古くなり、やがて還元できないゴミになってしまう。自然にはゴミがない。一見ゴミに見えるようなものでも、やがて分解されて動植物の栄養になるのである。

ヘッセは、便利な発明や技術の進歩を好まなかった。

私が好まず、信用しないのは、「有用な」発明品だけなのである。このような有用な業績は、つねに何らかの忌まわしい沈殿物を併せ持っている。それらはひどくけち臭く、ひじょうに狭量で、とても息の短いものである。（中略）そしてこれら有用な文化現象は、いたるところに、不道徳という、戦争という、死という、隠された悲惨という、一本の長い尻尾を引きずっている。文明の通過したあと、地球には廃棄物とゴミの山があふれる。（本書二七四頁）

私たちはいま、原子力発電所の放射能漏れ、地球温暖化に伴う異常気象による風水害、山林火災、化学製品による海洋汚染などに苦しんでいる。ヘッセが最も嫌っていた技術の進歩の結果である。便利な発明品に対して、ヘッセは「役に立たない」発明品を熱愛した。

ある種の発明品はさすがである！　主として役に立たぬもの、暇つぶしのためのもの、遊び半分のもの、そして無駄遣いになるもの、というような性格をもつ発明品はすべて、私は子供の頃から熱烈に愛してきた。このような製品のうちには、音楽、詩文の分野の作品だけでなく、まだ若干のものがある。ある製品が実用の役に立たないものであればあるほど、何らかの生活の必要を満たすことが少なければ少ないほど、贅沢品、暇つぶし、他愛ないという性格をより多くもっていればいるほど、私はそれらを好ましく思う。（本書二七五頁）

この例として、ヘッセは、音楽、詩文のほか、花火をあげている。おそらくこれに、絵画などの芸術関係や、スポーツ関係の発明品、囲碁、将棋、チェス、麻雀、トランプ、カルタなど娯楽関係の発明品も加えることができるであろう。

二〇〇七年以降に、日本ヘルマン・ヘッセ友の会・研究会編『ヘルマン・ヘッセ全集』全十六巻、続いて『ヘルマン・ヘッセエッセイ全集』全八巻（ともに臨川書店）が刊行された。本書に収められている「都市」と「苦しい道」が『全集』に収録され、その他の、断片的に掲載されている作品やエッセイも、他の訳者の訳で読むことができる。ご興味のある方に一読をお勧めしたい。また、書簡集『ヘッセからの手紙』『ヘッセ 魂の手紙』（ともに毎日新聞社）もお薦めしたい。二度の世界大戦を含む激動の時代を、何ものにも屈服することなく生き抜いたヘッセ。その手紙は、誰に宛てたどんな内容の手紙であれ、読む人に自分に宛てられた手紙であるかのように、強い励ましと慰めを与えてくれる。

本書でも、都市名、人名、その他のドイツ語の発音表記を、ツューリヒ（←チューリッヒ）、ベルリーン（←ベルリン）、ミュンヒェン（←ミュンヘン）、ヴァーグナー（←ワグナー）、メールヒェン（←メルヘン）など、標準語に近い表記にしているので、注意をしていただきたい。

文庫版刊行に際しては、草思社の編集部長藤田博氏に大変お世話になった。心からお礼を申し上げる次第である。

二〇二〇年三月二十九日　　　　　　　　岡田朝雄

＊本書は二〇〇一年に当社より刊行した著作を文庫化したものです。

草思社文庫

地獄は克服できる

2020年6月8日　第1刷発行

著　者　ヘルマン・ヘッセ
編　者　フォルカー・ミヒェルス
訳　者　岡田朝雄
発行者　藤田 博
発行所　株式会社 草思社
〒160-0022　東京都新宿区新宿1-10-1
電話　03(4580)7680(編集)
03(4580)7676(営業)
http://www.soshisha.com/
本文組版　有限会社 一企画
印刷所　中央精版印刷 株式会社
製本所　加藤製本 株式会社
本体表紙デザイン　間村俊一

ISBN978-4-7942-2455-2　Printed in Japan

草思社文庫既刊

シッダールタ
ヘルマン・ヘッセ　岡田朝雄＝訳

もう一人の〝シッダールタ〟の魂の遍歴を描いたヘッセの寓話的小説。ある男が生の真理を求めて修行し、やがて世俗に生き、人生の最後に悟りの境地に至る。二十世紀のヨーロッパ文学における最高峰。

少年の日の思い出
ヘルマン・ヘッセ　岡田朝雄＝訳

中学国語教科書に掲載されている「少年の日の思い出」の新訳を中心に青春小説の傑作「美しきかな青春」など全四作品を集めた短編集。甘く苦い青春時代への追憶が詰まったヘッセ独特の繊細で美しい世界。

愛することができる人は幸せだ
ヘルマン・ヘッセ　岡田朝雄＝訳

少年時代の異性への憧れ、青年期のロマンチックな激しい情熱、壮年から初老の様々な女性たちとの性愛など、ヘッセの愛の遍歴が作品世界を通じて表現される。ヘッセの愛の境地を旅する一冊。

草思社文庫既刊

庭仕事の愉しみ

ヘルマン・ヘッセ　岡田朝雄＝訳

庭仕事とは魂を解放する瞑想である。草花や樹木が生命の秘密を教えてくれる。文豪ヘッセが庭仕事を通して学んだ「自然と人生」の叡知を、詩とエッセイに綴る。自筆の水彩画多数掲載。

人は成熟するにつれて若くなる

ヘルマン・ヘッセ　岡田朝雄＝訳

年をとっていることは、若いことと同じように美しく神聖な使命である（本文より）。老境に達した文豪ヘッセがたどりついた「老いる」ことの秘かな悦びと発見を綴る、最晩年の詩文集。

ヘッセの読書術

ヘルマン・ヘッセ　岡田朝雄＝訳

よい読者は誰でも本の愛好家である（本文より）。古今東西の書物を数万冊読破し、作家として大成したヘッセが教える、読書の楽しみ方とその意義。ヘッセの推奨する〈世界文学リスト〉付き。

草思社文庫既刊

保坂和志
人生を感じる時間

ただ、自分がここにいる。それでじゅうぶんじゃないか――。論じるのではなく、時間をかけて考えつづけること。人生と世界の風景がゆっくりと変わっていく随想集。**『途方に暮れて、人生論』**改題

保坂和志
いつまでも考える、ひたすら考える

大事なのは答えではなく、思考することに踏み止まる意志だ。繰り返される自問自答の中に立つことの意味を問い、模倣ではない自分自身を生きるための刺激的思考。**『「三十歳までなんか生きるな」と思っていた』**改題

勢古浩爾
結論で読む人生論

人は何のために生きているのか――老子、孔子、カント、トルストイ、漱石、アッラーなど賢者たちが説く〝人生論〟を一刀両断に読み解く。約50通りの人生論がたどり着いた結論を一冊に凝縮した人生論批評。